這世界需要傻瓜

美力台灣
3D 行動電影車的誕生奇蹟

曲全立／著　趙文豪／文字統籌

CONTENTS

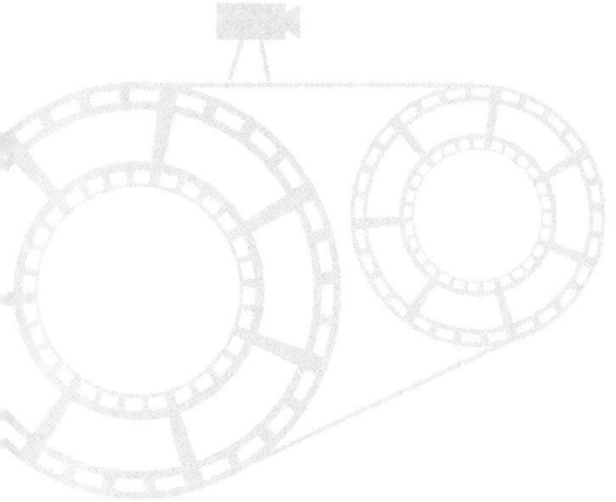

各界推薦

台灣民間文化的生命力

從台灣過去的歷史上，我們一再見證了台灣民間文化力量是如何地堅韌不屈。從曲全立導演身上，我們也看到了台灣未來的希望，因爲他在研發3D技術和下鄉推廣台灣之美的行動上，眞的夠傻、夠堅持，夠有愛心。

——小野（作家、電影人）

「想當年當兵跑五千……」是男人常提起的榮耀，只是很少人會追問：到底跑了幾次？舉例不足以證明！而曲導用持續與不斷精進的服務，回答了他對於打開偏遠孩子視野的負擔。這不單是一個感人的故事，更是發人深省的模式。

——王俊凱（新竹物流CSR總監）

這年頭，做傻事的人多，但要自認爲傻瓜，且傻得不平凡，傻得有意義，那還眞的不多。紙風車這些年走過許多偏鄉，深切感受到，孩子需要的就是陪伴，那些天眞的笑容與回饋，是我們一直傻傻跑遍台灣最大的動力。我想曲導演應該也是這樣，爲了孩子，我們都寧願當個傻瓜。

——李永豐（紙風車文教基金會執行長）

不管從什麼角度看，這個半聾半盲又頭殼壞去的導演，發心願做這件「美力台灣」偏鄉巡演的事，絕對是個不知天高地厚的傻瓜。

的確，往往人們會成爲聰明的旁觀者，但是聰明人忘掉了，只有投身進入生命大玩一場，才不枉此生！

——李偉文（牙醫師．作家．環保志工）

曲導演是讓台灣美麗的人

爲了讓偏鄉孩子綻笑容，腦瘤陰影未消，視盲、聽弱，卻只狂熱地盼著讓偏鄉孩子見到繽紛的希望，賣屋籌錢，日夜奔波，再苦也甘願！

曲導神情飛揚，總是語氣憨憨地說：「看了無數的笑容，得到許多孩子歡喜擁抱。」路，再難走，也會繼續走下去。

——李濤（關懷台灣文教基金會）

有人目光如鷹，高飛遠瞻，他的視野凡人看不見，因此大家叫他傻瓜。有人目光如豆，只見眼前，爭名奪利無所不用其極，雖功成名就，我認爲這種人才是傻瓜。看本書就了解曲導演願當大家眼中的傻瓜，需要多大的勇氣與毅力，堅持走自己的路，才能領先群倫。

——胡幼鳳（數位新媒體3D協會理事長）

我是一個追尋故事的人，二〇一三年邀請曲全立導演到TEDxTaipei年會演講，當時對於曲導致力於用影像記錄台灣生態之美印象深刻，跟他深聊後知道曲導在鬼門關轉了一圈，因爲腦部有疾病，需要動手術開刀，雖然幸運地保住生命，但復健之路漫長。一個人受盡病痛的折磨卻能夠把痛苦幻化爲動力，曲導並沒有因爲老天給他考驗而喪志悲觀，相反的，他用幽默和拿手的影像說故事來記錄生命歷程。

之後，他跟我說他要開著3D行動電影車到台灣偏鄉播放影片。曲導是台灣強韌生命力的最佳典範。記得有一次曲導播一支3D影片給我看，我戴上3D眼鏡，頓時進入到一片茂密的森林，有一隻蝴蝶向我飛來，翩翩地在眼前劃出美麗的軌跡。曲導或許就像那隻蝴蝶，把生命最美麗的部分留給後代欣賞。很高興這本書出版，獻給一個把生命奉獻給記錄台灣的人。

——許毓仁（TEDxTaipei創辦人&立法委員）

傻，是一種堅持。曲導演及團隊將愛、歡笑、夢想送到台灣各個角落，揉合人生、巡迴過程的美與善，剪輯出台灣最美麗的片段，化做種子，向下扎根，讓美麗的力量，開滿整個台灣。

——陳菊（高雄市長）

動人來自無私的起心動念

曲全立導演——台灣3D電影與行動電影車首創者，以無比的熱情、毅力編織堅強、浪漫的人生，並走遍台灣偏鄉。他透過奇異的影像與動人的故事，打開無數弱勢孩童的心扉，卸下各種藩籬，優遊未曾踏過的土地，理解生活的小道理。與您分享如此動人的人生。

——陳郁秀（白鷺鷥文教基金會董事長）

這本書的書名取得很好《這世界需要傻瓜》。曲全立導演的確是一個傻瓜。

初次會見曲導演（我時任科技政務委員），他來介紹推動3D行動電影車的想法，所求無他，只想要我引介教育部，讓他師出有名，能到學校去巡迴。

現在回頭來看，他的確是影響了無數的學子，開啓他們對3D電影的視野，激發許多創意與想像空間，更有機會影響他們一輩子。曲全立眞的成功了！

環視社會上許多自以爲聰明而惹人議論的人，我寧可希望大家都是像曲全立導演一樣的傻瓜啊！

——張善政（前行政院院長）

做，就對了！

曲全立

窗外飄著雨，十三年前種的櫻花今年開得特是好看，杯裡的白茶冒著煙，空氣中瀰漫著四月的味道……已經好久好久，沒像這樣靜靜坐在窗前，只有小白陪著我。手機裡傳出的是那熟悉的歌聲：「還記得年少時的夢嗎？像朵永遠不凋零的花，陪我經過那風吹雨打，看世事無常，看滄桑變化……」

我是誰？

於是，我開始很認眞地思考，要怎樣爲自序下筆？想了許久，遲遲無法下筆。我想，或者是因爲我從來沒有認眞想過這個問題——我是誰？

外頭的人看我是積極、熱情、樂觀，但我內心其實充滿著自卑與悲觀。我一直覺得自己是一個沒什麼故事的人，但我的成長過程卻十分戲劇化，有點矛盾。但我想，這就是我。

有次打電話問：「媽，妳那邊有爸爸跟我合照的相片嗎？」媽媽想都沒想就說：「你哪有什麼跟你爸合照的照片，只有一些你小時候的照片，可是上次淹水都淹掉了……」

什麼？我竟然連一張和父親合照的照片都沒有……我的心裡又是震驚、又是失望。不知道爲什麼，在那次開腦手術後，我有很多記憶都被清除了。剩下的只有一格一格片段的畫面，好像是腦海裡的斷垣殘壁，有時會覺得某些環境特別熟悉，但卻指認不出當時的人、事、物。

於是我開始翻箱倒櫃，挖出許多布滿灰塵的舊照片，裡面那個留著山羊鬍的我，臉上有著陽光般的笑容，是大家的開心果，會彈吉他還很會講笑話，這是笑聲永遠是最開朗的那個──我。也是人見人愛的，小曲。

但不知道什麼時候開始，我的笑容、笑聲都少了。也許是開完刀後神經受損，導致顏面與表情都不協調，我的臉變得「嘴歪眼斜」，許多人看到都會嚇一大跳。我照了照鏡子，發現自己笑起來真的很醜、很難看，於是我開始不愛笑，久了，心裡也笑不出來了。

其實，在我家三個寶貝女兒出生前，我就喜歡拍人的笑容，收集笑容。三個女兒陸續的到來，讓我更愛上這件事。但在美力台灣巡演以前，我只知道不斷地拍，卻忽略了感受與欣賞笑容背後的真與美。

寫這本書的期間，有幾次我靜下心來，重新審視了我的人生──那些過往的美好與悲傷。我才發現，有好久好久，我沒有真正的快樂過了。在專注完成美力台灣3D行動電影院的這段期間，我天天看見孩子天真活潑的笑容、天天聽見純真自然的笑聲，這些都是在喚醒我內心的快樂。

或許，人都有短暫的迷失。但我慢慢發現，發自內心的開心與快樂，其實不難。

在我短暫離開3D美力台灣的這段期間，我開始變得不快樂、不開心，但後來才知道，我只是忘了用童心去聽、去看世界。現在的我，再次學會用真心感受每個笑容，不帶任何目的。

我知道，只有微笑能夠讓我保有童心。我知道，只有微笑，能夠讓我相信自己，不忘初衷。

我一定要感謝我的3D製作團隊、感謝3D美力台灣巡演團隊、感謝吉羊文創團隊、謝謝文豪、感謝所有支持我的學長與朋友，也要謝謝我三個女兒：孝凡、孝芸、孝晞，謝謝妳們。也謝謝「先生」，您在這段期間不斷地給我陽光。

我最要感謝的，是我的母親與太太雪芳，她們是我生命最重要的兩位女人，她們對我的包容與支持，讓我可以放肆任性，毫無後顧地繼續走下去。

創作眞的是一條孤獨的路，在內心。但只要相信自己，就會一直做下去，人生將因有目標而充滿希望。哪怕每天只邁出一小步，都勝過停滯不前；哪怕每天只做一點事，都好過無所事事。任何成功都不是意外，而是努力與堅持得來的。

不做，不會改變；做了，才會改變。去做，是努力的一種堅持！而堅持，是生命的一種態度！想要快樂，就必須找回童心！不爲別人，做自己。

做，就對了！

二〇一六年三月二十四日於基隆七堵

自序

這趟旅程

趙文豪

朋友，你的旅程還記得是怎麼開始的嗎？

那晚，我正整理著成疊的學生作文，準備邁向上課的路。熟悉的來電號碼、熟悉而充滿亮度的聲音：「文豪，我是曲導。我有一個3D電影院的計畫，找天來聊聊吧！明早如何？」還有，絕不能忘了這個超級行動派的效率。

第一眼見到曲導，是在面試的時候，他與大多數人的反應不太一樣。怎麼說呢？他笑的時候，似乎有半邊的神經是僵硬的，聽力似乎不太好，更具體地說，有半邊的身體，彷彿不是他的一樣。

因爲緣分的牽引吧。當兵後的第一份工作就是在曲導身邊擔任文案，過了幾年，在外頭繞了幾圈，又因爲美力台灣的映演之旅，再度聚首。再次回到吉羊的辦公室，已從大樓的西棟搬到東邊，跑出來應門的毛小孩多了一隻，而曲導背後的那幅玉山風情大相片，也從幾年前的料峭雪景變成春暖花開。

曲導的座右銘一直都是：「做，就對了！」或許是獅子座個性使然，他總是那樣乾脆俐落，始終充滿熱情，一步一腳印地堅持理想，做對的事情。

在吉羊裡，我學到了許多重要的事情，跟在曲導身邊，也看到了不一樣的他。確實，有時他為了要求工作品質而「直來直往」，還曾被形容是暴君。但他也經常為了朋友兩肋插刀，承受許多傷痛，或者孤單地用一雙肩膀默默扛下整個計畫的壓力與重擔。人家說他是鐵漢，但遇到感性的事情他總是第一個溼了眼眶的人，「鐵漢柔情」，應該就是形容他這樣的人吧！

曲導不僅是夢想家，更是行動實踐者。很幸運遇見了曲導，更榮幸參與了這本書。在這個旅程中，沿途的美麗風景與人生閱歷，值得我用一輩子細細品味。

3D
Formosa

【第一部】

奇蹟人生　半聾半盲的傻瓜導演

華燈初揭，一位穿著布衣寬褲的男子雍容走進舞臺，臺下有近千人屏息以待。這是二〇一三年的TED演講，曲全立導演剛與李安導演在美國好萊塢分別以《3D台灣》與《少年Pi的奇幻漂流》同獲I3DS國際大獎，並稱為「台灣之光」。曲全立，他「從無到有」，自行研發3D電影實拍技術，進而名揚內外，媒體稱他為——台灣首席3D導演。

1 首次在TED分享

二〇一三年，我在美國好萊塢與李安導演同獲I3DS大獎，當時許多國際3D專家得知我的影片全程在台灣拍攝都很訝異，沒想到台灣竟有如此先進的3D電影實拍技術！但鮮少人知道，爲了自行研究3D拍攝技術，我幾乎用盡了半輩子的積蓄，歷經無數難以言喻的挫敗，許多人說我是傻瓜、瘋子，甚至還有人叫我……「3D狂人」，很少有人看好。

獲獎回國後，我受邀在TED演講。

TED邀請了海內外的各領域指標人物來分享自己的故事，這三個字母分別代表的是

科技（Technology）、娛樂（Entertainment）、設計（Design），更特別的是，每位演講者都只有十八分鐘的時間。

我思考著要如何用這十八分鐘的時間帶給聽眾一點收穫。每個人的出生都是平凡地哭著來到人世。但重點是，我們要如何讓自己活得不平凡，笑著離開。

於是，我決定分享自己從出生以來的生命故事。我是個被命運選擇的孩子，一出生就在死亡與生存間掙扎，也曾因一顆拳頭大的腦瘤被宣判只剩半年壽命。然而如今，我一步步跟著理想前行，完成夢想……

2 被命運選擇的孩子

基隆是我的故鄉，我在那裡出生長大。我的大伯與父親都是船員，媽媽幾乎都在家裡補著魚網、炒著魚鬆。所以我從小就在魚網堆裡玩耍，一邊從網洞中爬進爬出，一邊觀察著地上的螞蟻，所以我與海一直有著特別的淵源。

但其實我一出生，就面臨了「被選擇」的命運。

在母親辛苦懷胎生下我之後，家中並沒有傳來喜悅的笑聲，取而代之的，是一股凝重的氣氛。奶奶召集了家族的長輩，他們把初生的我放在桌上。據說，我當時睜著龍眼般圓滾滾的眼睛，口裡咿咿呀呀地，天眞地看著這個世界，還有眼前圍成一圈的長輩。

他們正仔細檢查我的手腳是否健全，是否可以正常蜷曲？爲什麼要做這些確認呢？因爲他們害怕，我遺傳了父親的疾病。

我出生的時候，父親已經坐在輪椅上難以行動。他罹患的是肌肉萎縮症，有種大家比較熟悉的說法是——漸凍人。

二〇一四年夏天，有個冰桶傳愛的公益活動，活動內容是把一桶桶的冰水從頭上直直往下淋，曾經參與這個活動的朋友應該都會對那個感受印象深刻——從腦袋冰到腳，一瞬間似乎感官都麻痺，難以言語或行動。

當時朋友間相互點名，透過網路臉書或噗浪的迅速蔓延，很快就喚起大家對於「漸凍人」病症的注意。但在相關醫學知識尚未普及的數十年前，大多數人都不知道這是什麼怪病，甚至會想，這是否是這個家庭的詛咒。

在還不確定這個怪病是否會遺傳的時候，每個長輩面面相覷，毫無欣喜之色，他們看著年幼的我，開始討論著：是不是要留下這個孩子？也就是才剛出生的我。

窗外傳來的風雨聲越來越大，長輩們開始投票表決，最後我以一票之差幸運地存活下來。不管一旁鼓譟或爭論的大人，新生的我沉沉睡去，成爲父親的第三個孩子。

「這孩子的未來，誰也不能替他作主，端看自己的造化與努力了。」據說，我就是因爲這樣被命名爲「曲全立」。

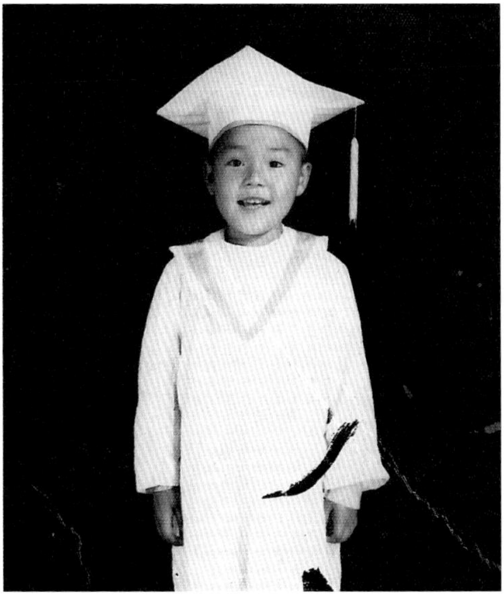

從未擁抱過的父親

我沒有任何一張跟父親的合照。

還記得小學的時候，每當作文題目是「我的父親」、「我的夢想」，我就遲遲難以下筆，不是我不想寫，而是我對父親的印象是一片空白。不過我的夢想倒是很清楚，那就是擁有一個完整的家庭，有媽媽，還有爸爸。

後來等我有了三個寶貝孩子，我最喜歡的，就是跟孩子拍照。一直拍、一直拍……或許就是一種希望彌補缺憾的心態。

在我三歲的時候，父親就離開人世了。自從生病以後，他就開始坐輪椅，經常一個人靜靜看海。所以我對父親的記憶很少，幾乎都是其他親人告訴我的。母親說，幼年的我很喜歡拉著父親的手，希望爸爸可以抱抱自己，但父親因爲罹病所以沒有任何力氣，當然也從沒抱過我。

他行動不便，到哪都得讓母親背著他，後期連說話都沒有辦法開口，他常會咬著她的背，彷彿在訴說：「妳讓我趕快離開，不要再讓我在世上如此痛苦。」強韌的靈魂囚禁在手無縛雞之力的肉體裡，痛苦不堪。

父親最後是鬱鬱而終的，我還來不及對他說「把拔」兩個字，父親就已經倒在病榻上，撒手人寰。

把拔、把拔，「把」孩子拉「拔」長大的人。在我成長的記憶裡，父親的印象始終是缺席的。但我常在想，當他一個人靜靜看著海時，那孤獨背影裡一定有許多未完成的夢想，以及放不下年幼的子女吧。

我那時拉著爸爸的手，就是想要一份安全感，這份安全感可以讓我感受到「家」，這便是人生最大的幸福。後來我總覺得，上天給予我最大的幸福，就是讓我學會……愛人，是一種責任，得來不易。

父親的顛沛人生

我的父親，曲延華，來自山東煙台，家中排行老二，是個講義氣又熱情的草莽漢子。他在國防部的機帆船特種部隊當兵，大哥曲延緒則在青島的德國租界擔任警察。當初，我們曲家大大小小都能夠在戰亂中逃到台灣，就是父親用生命拚搏而來的。

一九四九年，隨著國民政府逃難來台的人多不勝數，人潮擠滿港口，到處都是兵荒馬亂，每個人都想要搭飛機或坐船從大陸逃到台灣，所以一票難求，就算有錢也買不到。父親當時便趁著軍隊撤守台灣之際，一登上船就拿了機關槍指著長官，要求必須讓他帶著父母親及嫂子一起離開，不然大家就同歸於盡！

雙方對峙之下，氣氛劍拔弩張。長官後來念於父親出於孝心才出此下策，所以妥協讓他們安然渡海來台。但大伯曲延緒並未隨之來台，他從警察被收編成中華民國陸軍，隨軍來到澎湖。兄弟倆歷經種種波折終於取得聯繫之後，決定將彼此的姓名互換，並把出生年份多報了十年，希望藉由改名可以避開外頭的戰爭是非，一家人從此安然度日。

他們來到基隆的和平島，蓋了一間鐵皮屋，成了落根台灣的家。兄弟倆從船員做到船長，最後一起在基隆港開了間船公司，並從和平島遷到祥豐街，從鐵皮屋變成三房一廳的宅院，用長板凳拼湊的臨時床也終於可以換成一張眞正可以安心休息，不會摔下來的床。

當時父親只要出海捕魚回來，最快樂的時光就是跑到魚市。倒不是趁鮮想賣個好價錢，而是他愛上一位來自貢寮的「魚市之花」。他們兩人的口音跟語言都不太能溝通，但父親總會拉著大伯的兒子當藉口，找她一起去吃飯、看電影，漸漸也就越走越近了。後來大伯便請人挑著聘禮，送到女方位於貢寮火車站旁稻田裡的三合院提親，成就了這樁婚事。

在這個家族裡，奶奶說一，沒有其他人敢說二，家中的大小事都是由她來發落。母親從本省家庭來到這個遠渡遷台的外省家庭，所有的文化與習俗都與過去生長環境裡熟悉的一切截然不同，因此必須努力地用心學習，用愛重新包容適應。

大伯有四個孩子，而父親與母親也接連添了兩個兒子，人丁漸漸興旺，曲家多年顛沛的生活也終於趨向平順。但父親的身體卻突然出現一些異狀，剛開始他以爲自己只是貪杯喝多了，而且船班已到，他急著出海工作，於是便將身體狀況擱著，答應母親回來就會到醫院做檢查。

沒想到這次出海後，一切都不同了。出海期間，媽媽發現自己又懷上了一個孩子，原本想等父親返港後再跟家人宣布這個好消息。但等著她的，卻是一個晴天霹靂的消息……

船靠岸那天，只見幾個人七手八腳地把父親從船上攙扶到陸地。他的面容與身材一下子消瘦了許多，把媽媽與奶奶都嚇壞了，簡直認不出這就是原先那個壯碩的男人。父親的四肢蜷曲，完全使不上力，還犯著氣喘，於是連忙送醫，結果醫生判定他罹患了一種罕見疾病——肌肉萎縮症。

回到家以後，父親越來越離不開床，行動也逐漸不能像正常人般行走。到最後連溝通能力都被剝奪，旁人越來越聽不懂他在說些什麼，所以他只能痴痴地望著對方，眼裡縱使有千言萬語，但一個字都說不出口。

懷孕的媽媽顧不得哀傷，還是用盡全副心力，努力照顧著重病的丈夫與兩個孩子，結果到了臨盆的時候，卻怎麼都生不出來。醫生告知因爲胎兒太大，情況非常危急，要家屬決定，媽媽與孩子只能選一個留下。

「留媽媽不留孩子！」奶奶想著家裡已有兩個孩子，所以毫不猶豫就做了決定。當時是颱風夜，窗外風雨交加，房內也同樣驚滔駭浪。後來醫生以剖腹的方式，幸運保全了母子。但得知消息的家人卻沒有太多喜悅。

年幼的我雖然最後因一票之差而撿回一命，但遺憾的是，我還來不及好好認識父親，他就已經撒手人寰。媽媽常說，父親對我的寵溺超乎想像。因爲他沒辦法像從前對待兩個哥哥那樣把我抱在懷裡。生病的他只能遠遠看著我，連一根手指都舉不起來的他，一輩子沒有擁抱過我。

「我好想好想好想……看著小立長大。」他的話已經說得很不清楚，但媽媽猜得出他心裡的遺憾。每當他看著我在遠方玩耍或哭鬧，總是這樣哀傷地跟母親訴說著，接著便崩潰痛哭，淚流不止。

他擔心自己不久人世，卻又捨不得丟下我們離去，內心不斷被反覆撕裂，這樣的煎熬讓他突然老了許多。

後來，他的吞嚥也出了問題，但母親依然安慰著：「有我陪著你，你的病就快好了。」

但再多樂觀也抵抗不了命運，即使是在往生前，他依然無法清楚交代遺言或表達不捨，這樣的離去對逝者與生者都是極大的遺憾。於是父親走後一個星期，奶奶也跟著離世。母子同時辦喪禮，成了當地一條不小的新聞，聞者皆不勝唏噓。

這就是我的父親，一位來自山東的鐵漢。

這些成長的傷痕讓我對生存有了比別人更深刻的體會，始終牢記要全心以赴、自力更生，不論是送報或去鞋店打工，我都要做得更用心。我告訴自己，要做的事，不只是做完，還要做好。

3

早期的影視生涯

我不喜歡念書，要我坐在桌子前認眞聽課實在有些難度。不過一下課，只要一把吉他在手，不論要帶團康或唱情歌都難不倒我，甚至講笑話把全場逗得哄堂大笑也是我的強項。對年少的我來說，除了打零工的時間以外，我很喜歡參加救國團舉辦的各種健行活動，像是走中橫、過蘇花，所有可以與人群或自然的接觸，都是非常快樂的時光。

從國中開始，我就有相當豐富的打工經驗，跟我的名字一樣，我做每件事情必定全力以赴。還記得第一個打工的內容是送報

紙，那是個很有趣的回憶。當時送報紙都是騎腳踏車送的，我國中時期很愛打棒球，所以派報時都會把報紙捲起來，用一條紅色的塑膠繩綁好，然後再像投手一樣把報紙往樓上丟。我最高可以丟到五樓呢！當然啦，也曾經把花瓶、門窗玻璃給打破，甚至被狗追得很狼狽。

雖然過程中發生各種糗事，但我還是樂此不疲。只可惜後來玩得太過頭，把自己當成西部牛仔，想練就可以一邊騎車一邊準確地將報紙投入郵筒的功夫，沒想到還來不及練成，悲劇就先發生了……有次我因爲重心不穩，狠狠地摔下了車，就像牛仔跌下馬般慘烈，腰因此受了傷，送報打工生涯也只好就此打住了。

除此之外，我也曾經在製鞋工廠和網版印刷公司打過工，原本都只是想做做看，沒想到也都做出一番成績，我在鞋廠「擠楦頭」創下了生產線每日數量的最高紀錄，而在印刷公司則創下當日手工印刷量的冠軍。

或許有人會覺得，打工賺錢不是應該很辛苦嗎？

我倒不這麼想，每次打工都可以讓我接觸很多新的事物，我總是帶著好奇心，就當作去玩、多方嘗試，因此很快就能進入狀況。而且我也要求自己對手上的工作絕對負責，所以常常會想，要如何用最少的時間把事情做到最好。

從房屋仲介跨行到影像世界

我從基隆商工電子科畢業以後，面對未來一片茫然，還不知道該從事什麼？學校念的東西似乎又不是興趣，所以索性申請提早入伍。說來也巧，當時正好遇到基隆商工的學長回校選兵加入陸軍樂隊，於是我就志願加入了。

我在那裡結識了一位至今還保持合作關係的工作夥伴——李少川。在部隊裡，我吹長號，少川吹小號，我們在樂隊裡相互搭配，又是睡上下鋪的床友，也都是外省第二代，所以特別有話聊。我老家在基隆，他則在鳳山，一南一北，所以我經常邀他放假來我家吃飯，品嚐母親燒的一手好菜。

從軍樂隊退伍後，我便從基隆搬到台北，因爲當時什麼都不懂，所以找到的第一份工作便是入門門檻較低的房屋仲介。做了兩、三個月以後，卻始終沒有簽到任何房子，因此眞切體會到，生活實際面及塡飽肚子比什麼都重要。

我當時住在嘉興街，那是一棟頂樓加蓋的房子，一個月的房租三千。想想自己的矬樣，又不是個會說好聽話的人，這樣一個初生之犢的小毛頭，人家怎麼敢把攸關一輩子的房事輕易交到我手上？於是我離開了房地產工作。頓時覺得看不到未來，也不敢亂花錢，直到有天，在報紙上看到有間傳播公司正刊登徵求攝影助理的啟事。而且工作地點就在基隆路與光復南路口一帶，只要騎腳踏車就可以到，可以省下往返車資，更重要的是，這樣就有薪水付房租了！

喜上眉梢之餘，腦海乍現軍中好友少川的身影，我趕緊打電話邀他一起北上工作。我告訴他：「就當成來北部玩一陣子，邊工作還可以邊看明星，每天都能接觸不一樣的事情，一定很好玩的。」於是，少川隔天就把行李收一收，坐上火車，踏入了影視圈。我們都沒想到，本來只是來玩玩看看的兩個人，結果一玩就玩了三十多年。

亦師亦友

我在那裡遇到了一位攝影師，他是我進入這行以後，唯一的師傅——趙旻輝輝哥。輝哥教導剛入行的我，永遠要看好的那一面，先用鼓勵的方式奠定他人的信心，再慢慢指出哪些地方可以再做調整。

有一次，當時還是學徒的我正在剪接片子。輝哥爲了倒茶經過我身邊，他走路一向很快，眼看他快速穿過我身邊，但水還沒裝到，卻又倒退回來找我說話。

「小曲，這是你拍的嗎？厲害喔！你拍得很好喔。」瞇著眼看螢幕的輝哥，將空杯子放在桌上，這麼對我說。

我摸了摸頭笑了出來，得到師傅的讚許，我實在藏不住喜悅。

「來，小曲，把帶子倒到前面，你看，這裡應該……調會更好……」他用了三秒鐘稱讚我，但後面卻用了三十分鐘點出我的缺失，並且非常有耐心地告訴我哪裡還有進步空間。照理來說，經過這樣的當頭棒喝心裡應該會十分難受。但我沒有，只是一愣一愣地認眞聽講，因爲我感受到師傅的期盼，並且知道怎麼樣可以做得更好。

這一點，深深影響我往後帶領團隊的工作方式。

也因爲師傅細心地教導與訓練，讓我在攝影、剪接、燈光、搭景……等工作都奠下基礎，後來才能成爲全方位的影像工作者。

後來我在片場當導演時，有許多演員問過我：「曲導，您常常說：『卡，很好！再來一個！』可是既然很好，爲什麼還要一次又一次？」

我通常會回答他們：「那是因爲燈光打得不夠，你眞的很有潛力！繼續加油！一定會

成功的！」於是在下一個cut，他們往往會更投入在表演裡，我也因此獲得一次又一次更精采的鏡頭畫面。

在傳播公司裡，我的師傅輝哥是娛樂線，少川的師傅則是戲劇線，這樣的分工讓我們有了各自的專長，成爲往後彼此輔助的工作夥伴。人家說，患難見眞情。我們一起工作、一起離職，共同經歷了無數事件，雖然後來各自都成立了公司，但我只要一有設備的需求就會找少川開設的「異能影業器材」。

另外，我也在此時期認識了當時擔任燈光助理的何志能（小寶）。這眞是緣分天注定，我們的個性互補，我一向直來直往，面對不公義的事情總想拔刀相助，而他卻可以理性地將大事化小。我可以規畫藍圖、做大方向的決策，而身高將近一九〇公分的他卻相當細膩，擅長執行，他常說：「魔鬼藏在細節裡」，後來小寶成爲我無數影片的製片或統籌，幫我照顧好製作上每一個環節，可說是我工作上非常重要的夥伴。

不知天高地厚的小夥子

那個時代傳播公司的主要業務是出租攝影器材，但因爲器材需要有人操作，所以傳播公司的攝影師經常要搭配出租機器擔任臨場的指揮調度，工作內容包含攝影並兼任導演，所以有個專有名稱爲「攝影導演」。而攝影助理主要的工作內容則大至扛器材、扶腳架，小至幫攝影師跑腿買便當、買菸等。

想要成爲眞正的導演要經過好幾年的折騰與磨練，不像現在人手一部手機、相機，人人都可以是導演。

我踏進傳播公司第一天的第一份工作，就是參與喜劇演員巴戈《郵差總是按錯鈴》的幕後製作。那天我負責拿 Boom 收音，因爲巴戈演得實在超級好笑，本來就已經在憋笑的我，一時忍不住哈哈大笑起來，讓導演氣得立刻喊「卡！」怒吼：「小夥子，你是來看戲的啊？你搞清楚，你拿 Boom 是要錄他們的聲音，不是錄你的笑聲耶！」

才第一天工作就被罵也眞夠不好意思的，但幸好這件小事沒嚇退我。接下的一、兩天，我開始發現這個行業的多樣性，正好符合我好奇愛嘗鮮的個性，因此讓我深深愛上這份工作，期盼這就是畢生的職業。

於是我全心投入工作，僅僅花了八個月，不到一般業界三分之一的時間，就從攝影助理升上攝影師。從職棒元年開始，我正式成爲一個攝影師。

成了攝影師之後，還有個令我印象深刻的經驗，當時我幫陶大偉陶哥拍攝一個他導演的兒童節目《嘎嘎烏啦啦》，那時基隆河尚未截彎取直，基隆河岸有個成功片廠在業界很知名，節目就在這裡拍攝。陶哥拍東西通常非常隨興，不會遵照傳統的規則，但那天他把人的視線位置放錯了，所以我不得不提醒他。那天他可能心情不太好，於是勃然大怒：「究竟我是導演，還是你是導演啊？」說完滿臉漲紅，把劇本用力摔到地上，吼著：「你厲害！你拍！」說完便掉頭就走。

在場的人你看我，我看你，全都不知所措。尷尬之餘，我想，總不能讓全場乾瞪著眼等，拍就拍吧！於是便指揮全場把當天的節目給拍完。後來影片剪出後，陶哥找我到《聯合報》後面的辦公室，正襟危坐告訴我：「小曲你啊，拍得眞的不錯，加油啊。」讓我大大鬆了一口氣，也一直很感謝他的肯定。

這件事讓我學到，工作上的技巧固然重要，但處理事情的方式也很需要斟酌，或許有時多想一點，可以讓事情更圓滿。

透過鏡頭找到人生的路

後來常有人誤以爲我是靠家裡的資助或有什麼背景才能這麼快升爲攝影師。其實不然，我甚至根本不是科班出身，而是從攝影助理的基本功一點一滴扎實的累積。一開始從許多外景與綜藝節目開始，後來還參與了台視的《強棒出擊》、華視的《百戰百勝》及《金曲龍虎榜》等知名節目拍攝。

《金曲龍虎榜》是在華視攝影棚拍的，我負責的是從外部調來的Camera 4。每次錄影的時候就會聽到馬毓琦導播的賞識：「謝謝！Camera 4。」「Camera 4，抓得好！」稱讚不下百次，讓我建立了很大的信心。後來馬導播還因此幫我介紹拍攝吳靜嫻的音樂錄影帶。

當時我已經開始拍攝音樂錄影帶了，第一支拍的是高勝美的作品，之後便靠著口碑被介紹出去，陸續拍了許多知名歌星的作品。像是周華健在台灣發的第一支MTV〈心的方向〉，還有梅艷芳、高明駿、張清芳、殷正洋。台語歌星沈文程、陳盈潔、張秀卿、蔡小虎、蔡秋鳳、孫協志等人的音樂錄影帶也都由我拍攝。舒淇早期出道的影片也由我操刀。當時已是大明星的崔苔菁就常對我說：「小曲，只有你每次都把我拍得最美。」這對我眞是莫大的鼓勵，也因此我更堅定攝影是我擅長也想走下去的人生路。

不斷學習，做好準備

我喜歡學習新東西。更正確地說，我一直不斷努力爲下一個階段做好準備。

在拍攝音樂錄影帶的時期，我嘗試了許多業界的創舉。或許這跟我好奇、喜歡嘗鮮的個性有關吧，就是想試著做出跟別人不一樣的東西。當時透過馬導播的介紹，吳靜嫻將音樂錄影帶發包給我拍，我決定要用35mm的電影規格來拍卡拉OK，於是邀請了三對得過世界國際標準舞冠軍的英國舞團來台灣拍卡拉OK，讓音樂錄影帶可以兼具舞蹈教學功能，後來獲得許多好評，也成了很多音樂錄影帶參考的對象。

與其說是創新，我更認爲自己是在「玩」。而在「玩」的過程中，我把自己帶到另一個新的領域，以這支英國舞團音樂錄影帶爲例，我從國外找人、聯絡，到邀請來台，搭景、換景、用ENG數位電子攝影機拍攝，並用16mm在底下拍攝，每個鏡頭裡與鏡頭背後都有許多深刻的故事。

我不是一剛開始就什麼都懂、什麼都會的，這些創作能量與經驗值都是當時玩出來的，台灣的市場不大，要在自由競爭的大環境底下生存，一定要會非常多的東西，而我所做的這些求新求變，就是爲了彌補以前拍片經驗的不足，好爲下一個階段做準備。拍了卡拉OK就想拍MTV，拍了MTV就想拍廣告，拍了廣告就想拍電視劇，拍了電視劇再來的目標便是電影，以及一個又一個更新的技術與手法。我的影像生涯就是這樣一步步推進，自己推著自己往前走。

或許我天生注定要吃這行飯，一路上總有許多貴人相助，給我鼓勵，雖然許多人誇獎我對攝影特別有靈性、有慧根，才能在這麼短的時間就在這個行業裡闖出名堂。但我知道，只要努力做好手上的工作，用心對待每一件事，就會有好成績。所以我不論做到什麼職位，都不曾有過遲到的紀錄，這是我對自己的基本要求。

十幾年來，我的拍攝工作不曾間斷，還曾經有過一年內接拍上百支音樂錄影帶，創下一年吃四百多個便當的紀錄。當時甚至有人說，去KTV點的歌幾乎都是曲導拍出的，這其實並不誇張。確實，有幾年光是伴唱帶，我就拍了近萬支。

但那些日子實在太瘋狂了，幾乎是日以繼夜的工作。在爲事業扎下穩固根基的同時，卻忽略了照顧身體。我沒發覺，這樣的生活已經爲身體埋下了一個未爆彈。

4 一顆在腦袋裡的未爆彈

水電工與導演

我的事業開始有點成績了，於是我在萬芳社區找了間地下室開設「彩色坊」影像工作室。雖然這間地下室不能種植我所愛的花花草草，甚至有時颱風天或下大雨還會淹水，但卻是我成立公司的起點，我一直很珍惜。

有一次，因爲拍廣告片需要化妝師，便請好友小寶介紹，當天來的這位化妝師不知道爲什麼，我第一眼看到就感覺非常熟悉。很俗氣地說，眞的有一種感覺，覺得她好像就是我下半輩子的伴侶。

擔任化妝師的她，美麗大方、心地善良，這是我對她的第一印象。而她第一眼看見穿著隨興的我，同樣也留下了深刻的印象。到現在，她還記得我那時炯炯有神的雙眼，還有豪氣干雲的大嗓門。

那女生一看就知道我不是普通人，她把我當成——

水電工。

這就是我與太太徐雪芳女士的初次相遇，彷彿天注定，第一眼我們都對彼此留下了深刻的印象。後來她成了我的牽手，陪我走遍大江南北、跨過生死關頭，歷經過許多生命的重要時刻。

透過小寶相約，在聖誕夜，雪芳與我便因爲打保齡球而正式認識了彼此。她住在金山，而我從小在基隆長大，彷彿是海的召喚，我們一見如故。

第一次看電影是到台北的長春戲院，結果電影才開演，我就……睡著了。我一直很自豪一路走來始終如一，顯然這點也是。

我們都是家中的老么，我排行老三、雪芳則排行第九。我們兩人相知相惜，相識半年後便決定相守一生，於一九九五年訂婚、結婚。在訂婚隔天，雪芳又跟著我繼續工作拍廣告。

後來案子越接越多，於是成立了「吉羊」。取名吉羊，是Gene Young的諧音，代表年輕的基因，敢跑、敢衝、敢創新。我生肖屬羊，吉羊也有吉祥的意涵。吉羊，兩個字的筆劃都是六劃，六六大順，且字形對稱，裡外端正，就跟做人一樣——行得正，坐得挺，於是我們就以這裡爲起點，從一開始的兩、三個人，資本額二、三十萬慢慢累積。

拍片其實是出賣勞務與腦力的，也不像生產線可以固定量產，所以無法保障每個月都能有固定的營收。但我們在冥冥之中總受到許多眷顧，每當公司需要擴展規模或是存款簿金額接近於零的時候，就會有一筆預算或案子進來。就這樣我們漸漸穩定了下來，也面臨了公司的轉型，我知道不能再單靠出租器材與拍攝音樂錄影帶，未來的藍圖依稀已構築在腦海裡。

眼看事業蒸蒸日上，這時卻發生了一個生命裡的大意外……

一顆在腦袋裡的未爆彈

二〇〇二年，當時我在上海剛拍完柯以敏的MTV，準備回台與白冰冰白姊開會。搭飛機的時候，我發現自己耳鳴的症狀相當嚴重，接電話時也發現一隻耳朵的聽力好像被罩住的樣子，聽到的聲音非常微弱，不太清楚。一開始我不以爲意，以爲只是疲勞的關係。

後來情況一直沒有好轉，我便到基隆的醫院就醫，醫生研判可能是得了梅尼爾氏症，那是一種耳朵的黴菌感染，打打類固醇就會好了。但奇怪的是，我住院住一個星期，藥吃了、針也打了，但都沒有好轉的跡象，生理的狀況還是持續惡化，更糟糕的是，一切處於不明的狀態下，心理上更是煎熬。

尤其是因爲醫院設備不足，所以必須一轉再轉的折騰。我從基隆的醫院被轉到台北，又從台北轉到林口，不斷地排隊、掛號、候診、看診、檢查、看診……然後再轉院，轉院後所有作業流程又循環重來一次，讓人還沒檢查出病因，一顆心就因爲一直高懸著，幾乎已去了半條命。

好不容易在一個多月後，集結這段期間的病情追蹤與X光片，我到了候診室，準備聆聽醫生的最後診斷報告。等候的我就像是等著聆聽「審判結果」，心裡七上八下。

走出候診室，還記得那是個午後，我低著頭，手上拿著牛皮紙袋，裡頭裝著X光片，隻身穿梭在喧囂的醫院長廊。

醫院裡擠滿候診的人潮，那些高分貝的交談聲好像突然全被調成靜音，眼前的風景全是晦暗寂靜的默片。而我，不屬於這個畫面。

我在長廊裡就像隻迷路的羔羊，慌張地四處找著出口，腳步越來越沉重，眼裡滿是惶恐。抬頭想要尋找出路，但指示牌上寫的中文卻全變成了看不懂的外文，一個字都讀不進去。

我抱著頭，不斷在心裡吶喊：「爲什麼是我？爲什麼是我遇到這種事？」

我顫抖地拿起手機，連按下任何一個號碼都非常費力，我想打給太太雪芳，聽聽她的聲音。

好不容易打通，額頭上早已滿布汗水。

「喂？喂？」電話那頭，熟悉的聲音從話筒裡傳入，但我卻發不出任何聲音，除了哽咽之外，我的喉頭被滿溢的悲傷填滿。

「講話，發生什麼事了？」發現我的不對勁，雪芳也著急了起來。

「今天……醫生說……我的腦裡……長了一個瘤……只剩不到……半年……」我顫抖著說著，電話兩端，我們兩人痛哭了起來。過了好久，等我情緒終於逐漸平復之後，才能緩緩道出今天的經過。

當天，我進入候診室之後，醫生開口說的第一句就是：「你很年輕，才三十五歲。」一聽到這樣的開頭，我心裡已經有了最壞的打算。

「你的腦裡長了一個拳頭般大小的腦瘤，包住你左腦裡的六條神經，包含吞嚥、視聽系統等功能都會受到影響。情況非常危急，必須馬上動刀。」沒想到眞如我所料，情況不太樂觀，儘管聽到的結果是最壞的，眼前一黑，但我仍試圖保持鎭定。

一想到家裡年幼的三個孩子，最大的連幼

稚園都還沒畢業，未來家計要如何維持？公司的員工薪水要怎麼辦？妻子要怎麼扛起家計？年邁的母親未來怎麼照顧？房子與公司都還有許多貸款，要如何清償？許多現實的問題，一下子全都跳進我的腦海裡。

「如果不動刀會怎樣？」我懷著一絲希望，想抓住最後一根求生的浮木，拋出了這個問題。

「年輕人，這個情況拖到現在已經是非常危險的。你應該現在就住院，立刻安排開刀。不開刀的話，你只剩六個月不到，但就算開刀，生還的機率大概也只有一半，而且一定會有後遺症，有可能的狀況是半身不遂，終生需要輪椅。」醫生熟練地用專業判斷告訴我各種可能的結果。

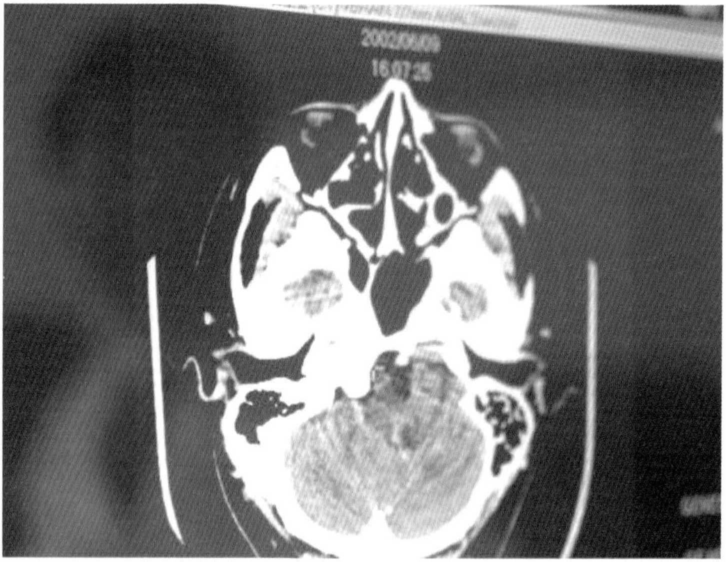

「不行！我不能現在開刀。謝謝醫生，X光片可以借我拷貝回去嗎？」聽完結果即便再頭昏眼花，我都強迫自己冷靜以對，我想再試試其他可能的解決方案。

「年輕人，你是我看過聽到這種結果以後，最冷靜、最勇敢的人了。」醫生推了推自己的眼鏡，面無表情地告訴我。

其實，我不是勇敢。以前就常有人跟我說：「小曲，不管遇到什麼挫敗，你總是太ㄍㄧㄥ了。有時候不妨試著宣洩一下情緒，這樣對你比較好。」

我不是ㄍㄧㄥ，而是我已經習慣堅強面對人生的每一個考驗。如果連我都慌了，那還有誰能解決那些難解的問題。

接下來的日子就是不斷地到醫院檢查、看診，這才是煎熬的開始，醫院幾乎成了我第二個家。整個過程非常難捱，候診經常就耗掉大半天，整天都要待在醫院裡，又不知道自己的身體將會變成如何，很擔心會成爲家庭的負擔，這股無形的壓力一直把我壓得喘不過氣。

我拿著拷貝回來的X光片向許多人請求協助，後來透過朋友找到一位非常權威的留日神經外科醫師，看診前，他們給我一組銀行帳號，要我先到那個基金會捐一些錢。

既然聽說這位老醫師如此知名，所以我將全部希望寄託在他手上。好不容易等到看診那天，那位醫師帶著醫療團隊大約六、七個人，圍在我們夫妻的身邊，共同討論這個手術的可能性與後遺症。

我趁機詢問醫師：「這個手術會不會有危險？」原本還在振筆疾書的老醫師突然停下了筆，抬起頭仔細端詳他眼前的人，用台語說：「少年仔，喝水都會噎死了，你說開刀會不會有危險？」

我聽到這句話，心裡其實是非常受傷的，彷彿晴天霹靂，雙腿發軟，殘存的希望之光瞬間被吹熄，沒想到連這麼厲害的醫生都沒有把握，那我還能寄望什麼？

我知道，這個手術一定非常危險，但我只能握緊雪芳的手，拍拍她的肩膀，請她放心。求助過十多家醫院與醫生，現在連最後一個希望都沒有把握，除了安慰妻子，我也不知道該怎麼走下去了。

5 星雲大師渡我過難關

與星雲大師的第一次接觸

有此事情，彷彿已是天注定。

星雲大師在得知我的狀況以後，要我去榮總找時任神經外科主任的陳敏雄醫師。陳醫師是一位非常有耐心的醫師，他耐心地解釋我的病況，並說明未來將如何動刀，與其他醫師最大的不同是，陳敏雄醫師握著我的手告訴我，我的狀況，他有把握。這句話，再次讓我們夫妻重燃希望。

與星雲大師的緣分，要從二〇〇〇年爲佛光衛視所拍攝的紀錄片與星雲大師的祈願文說起，那些經典畫面到現在都還在播放。

是戴玉琴戴姊介紹我去幫星雲大師拍攝影片的，那也是我第一次接觸佛光山與大師。戴姊與趙大深從《金曲龍虎榜》開始就一直很支持我。儘管過去我沒有特別的宗教信仰，但卻很幸運能被委託拍攝星雲大師，以及佛光山諸位師父穿著大黃袍，虔誠禮佛的畫面。

拍攝結束那天，慈惠法師用台語告訴我：「導演，你好有福報。」

當時的我只專注在工作上，百思不得其

解：「拍片哪來的什麼福報？」心中開玩笑地想，如果請款能夠早一點下來就阿彌陀佛了？但轉念一想，莫非這位德高望重的慈惠法師看出什麼端倪？我趕緊向她討教原因。

慈惠法師告訴我：「導演你看，佛光山上有多少人？大師少說也有三百多萬個信徒。但你說大師『走』，大師就走。你說大師『跪』（禮佛），大師就跪。說『拜』，他也就拜。你看，這些要累積多少的福報？」

什麼是福報？當初我怎麼也沒想到，未來在遇到人生大劫時，渡我過這個難關的，就是大師的指引。我也告訴自己，如果往後眞能留下來，那一定要做些什麼來回饋社會！

不僅如此，從二〇〇〇年拍攝第一支影片以後，至今只要大師或佛光山需要我的專

業，我都一定會出現。因此後續我有許多作品都跟大師或佛光山有關，包括佛光衛視連續劇《觀世音傳》、星雲大師的《一筆字》3D紀錄片，以及佛陀紀念館4D館《佛陀的一生》《貧女一燈》等。

終於決定動手術

回到醫療現場，陳敏雄醫師告訴我，這項手術還是有危險，原因有三，第一、腦壓改變；第二、微血管爆裂；第三、院內感染。

這讓我想到過去傳統的「醫病關係」，醫生與病人間抱著彼此互信的心理。醫生用邏輯理性的分析，取代警告式的恫嚇，避免造成病人心理上的恐慌。而病人也不會因爲結果不盡人意，便把過錯完全推到醫生身上。因爲這樣的惡性循環會讓醫生只敢說最壞的結果，以避免未來的醫療糾紛，但也因此，病人在未開刀前就已經醫生的警告嚇掉半條命了。

在歷經了這麼多看診經驗後，我當下的選擇是「死馬當活馬醫」。於是，當天晚上我就請雪芳幫我理個大光頭，準備隔天就到醫院報到。

但我心中最牽掛不下的，還是我的母親、妻子，以及三個連幼稚園都還沒畢業的寶貝女兒。

6 上天賜予我最美麗的禮物——家庭

三個女兒是我最珍貴的禮物

我沒有任何一張跟父親的合照。

所以每當遇到「我的父親」「父親的手」諸此之類的作文題目時，我都不知該如何下筆。在成長過程中，我對父親的印象是全然空白的。小時候，放學時看到同學的爸爸牽著他們回家，我不禁會想，如果父親還在，他會怎麼陪伴我們這些兒女長大？因此，我很努力地學著愛人。

愛這三個，心肝寶貝。

得知生病的時候，孩子都還小，可能還不懂事情的嚴重性，或根本不太了解發生了什麼事？

但我想，能夠多陪孩子一天是一天，所以那段時間我經常留在家裡，陪著孩子玩耍，爲她們講故事，直到孩子們都上床睡覺以後，我與太太常在客廳裡抱頭痛哭。甚至太太入眠後，我還經常會被噩夢驚醒，於是獨自一人回到客廳，拿起紙筆緩緩寫下遺書。我想著，若有一天我不在了，那麼家裡、公司的貸款該如何處理，我一筆一筆地寫下，就像利刃……一刀一刀地割下，那早已千瘡

百孔的心。

在與陳醫師確認了開刀時間後，我趕緊找了熟識的攝影師小潘，美其名說是拍「全家福」。其實我與太太心裡都有底，這個手術是非動不可，開刀後不知道我會變成什麼樣子。所以我希望拍下這些照片，讓三個孩子能記得爸爸的樣子：爸爸的臉圓圓的、戴著眼鏡，還有招牌山羊鬍。以後讀到朱自清的〈背影〉時，至少還記得自己父親的模樣。當要寫〈我的父親〉這樣的作文題目時，就不會跟我小時候一樣寫不出來了。

結果上天很幽默，三個孩子從幼稚園一路念到高中、大學，沒有一個人被要求寫過〈我的父親〉這個作文題目……

全家福照？遺照？

拍攝那天，我不斷逗弄三個年幼的孩子與太太，希望可以拍出一系列充滿喜悅的全家福照片供日後留念。後來相片沖洗出來，許多不知情的人看到還頻頻稱讚，說這是他們看過最美、最幸福、最溫暖的全家福照。

但我心裡知道，如果不用開刀，就不會有這些相片。這組照片對我來說，不僅是和樂的全家福，更可能是我唯一可以留給孩子的最後影像。

拍攝的當下，妻子與我的眼眶不知泛紅多少次……一方面腦袋裡的這顆未爆彈隨時提醒著我死亡的威脅不遠。另一方面又想到三個女兒如此年幼，美麗纖弱的妻子該如何獨自一人面對這些沉重的債務與生活？我如何放得下這一切？

漫長的二十八小時

進去手術室後的二十八個小時，我的妻子在門外不眠不休地等著我回來。

而我，就像做了一場漫長的夢。

這個開腦手術是由醫生一刀一刀，小心翼翼地刮除腦上的肉瘤，而我在麻醉中沉睡，好像做了一個夢。夢中我回到童年的基隆海邊，天空是如此美麗，海洋是如此湛藍，彷彿還能聞到母親翻炒的魚鬆香氣。突然間，天際劃出幾道鮮豔的雲彩，非常美麗，彷彿指引著我走去。但我猛然想到，我是個導演，是個攝影師，於是趕緊拿起手邊的相機開始構圖，拍個不停，沒有再往前走。然後夢中的我又沉沉睡去了。

回想起這個似眞似假的夢境，我開玩笑地說，幸好我是攝影師，所以才沒有隨著光的指引而去。有朋友說，這代表上天有使命需要我用第二條命來完成，也許眞是這樣吧。

一覺醒來，意識模糊的我嚇了一大跳。我的四肢都被綑綁著，嘴巴、鼻子也都插滿了各式各樣的醫療管子，渾身無力。只剩耳邊依稀聽到，隔壁病床的老先生被身邊的家人追問著存款簿放在哪裡？我才眞實感受到，原來我還活在這世界。

加護病房彷彿是生死的交界。我全身插滿管子躺著，護理師隔著窗戶拿著白板，上面寫：「你能保證不要把這些管子拔起來嗎？」我點了點頭，護理師慢慢地把我的四肢鬆綁。我發現眼前的人看起來似乎比過去更模糊，耳朵也好像加了蓋子，聽得不是很清楚，我慢慢發現，自己好像跟過去，有那麼一些不同了。

開腦手術後，除了在後腦杓留下了一條蜈蚣般長長的傷疤之外，也留下滿嚴重的後遺症，剛開始我以爲這只是短暫的現象，後來才發現這些症狀將長久跟在身邊：單耳失聰、單眼失去正常視力、臉部有輕微中風、呑嚥困難等狀況，在生活上造成了很多不方便的地方。於是，人家都說我「半聾半盲」。

那時候去外頭開會時，人家看到我邊開會邊流著口水，笑起來半邊的臉是痲痺的，因而顯得臉部不太協調，都有些嚇到，表面上或許不會表現出來，但背後總難免指指點點，在檯面下議論紛紛，我知道我的情況讓看的人不太舒服，但我自己心裡也很是受傷。

星雲大師聽到我這段經歷後，送了我一句話：「與病爲友。」他要我與病妥協，和平共處，既然發生了，就選擇面對它、接受它，然後放下它。

但即使如此，我還是非常感謝陳敏雄醫師爲我撿回了這條命。也因爲開刀的情誼，陳

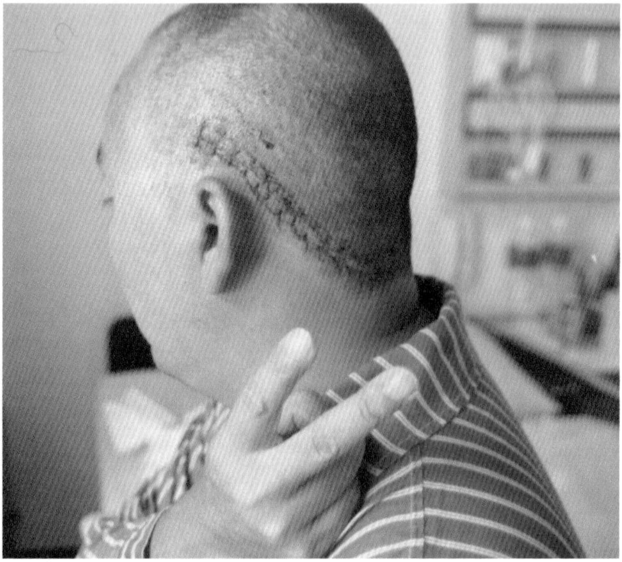

醫師與我後來也成爲好友，每次在追蹤回診的時候，陳敏雄醫師總會帶著新的攝影作品與我切磋彼此的專業。

意外遇見兩個寶貝毛小孩

來過吉羊的人都知道，我有兩個毛小孩，Yuki是個小公主，而小白卻是我從竹林裡帶回的流浪狗。

小白是我術後有次到山上晨運時發現的流浪狗。第一次見到他，就發現他的右腳一跛一跛的，身上的毛色早已髒成不均勻的灰色，他從黑暗的竹林裡走出，怯生生地看著我，眼神與我交會時，我不由自主地喊著「小白、小白」，沒想到他聽了竟撲上來舔我的手，尾巴搖得像電風扇一樣。

這樣的近距離接觸讓我更看清楚他身上的狀況，毛都打結了不說，身上還有滿滿如黃豆般大的「牛蜱」，不斷吸著他的血。

「跟我走吧，讓我帶你回家。」我對他說。

他淚眼汪汪地看著我，隨著我起身。但當我往家的方向走，他卻突然像想起什麼似的，轉身回到公車亭後的竹林裡。

或許，他還惦記著和主人的約定，等著主人回來接他吧。

這讓我又心疼又氣憤。術後的我對生命更有感受，我不願意看著一個無辜的生命這麼辛苦求生，四處流浪，心裡突然湧上一股念頭——我想救他！

隔天，我們全家人一起爬上山，展開「搶

救小白大作戰」。但怎麼找都找不到，我只好用最正面的態度面對這件事：「也許……他的主人找到他，帶他回家了。」

等著等著，我不禁叫著：「小白、小白……」沒想到竹林卻有了動靜，小白從竹林裡猛力搖著尾巴跑了出來。他一邊發出撒嬌的嗚咽聲，一邊躺下，似乎想要我摸摸他。

一看他跟 Yuki 一樣都是女孩，我心想太棒了，就幫 Yuki 帶一個妹妹回家吧，這樣的接觸似乎也讓小白對我卸下心防。

於是我們順利將小白誘出竹林，帶她到醫院檢查治療。經過檢查後，發現小白是隻純正的狐狸狗，大約四歲，但已經生過很多胎，身體很虛弱，當時她的體重大約三點六公斤，現在在我們家可早已超過七公斤了呢！

小白因爲長期流浪在外且生產多次，所以體弱多病，我希望能讓她健健康康地在我們家成長，但沒想到醫療費用之龐大卻遠遠超乎我的想像，光是要治療心絲蟲的毛病，一顆藥就要三千多元，更別說其他林林總總的醫藥費用了。這也讓我思考，台灣的流浪狗這麼多，除了沒有耐心撫養之外，昂貴的醫療費用是否也是棄養的主要原因之一呢？

回到家的小白雖然已經過著截然不同的生活，但似乎是在外頭擔心受怕多了，所以只要一有打雷、下雨，她就會突然忘了自己已經有安全的家，急著找書櫃或衣櫥的洞鑽進去，不停地發抖，眼神流露出驚恐的神情。這樣的情況讓我對流浪狗總是多了一份關心，因爲我知道，那些痛苦不堪的生活，將

是他們一輩子的陰影。

小白早年的流浪生活讓她的心臟比一般小狗弱，常常睡覺睡到一半就會喘，偏偏她又好動，經常跑出去活動半小時，回來舌頭就已發白了。但生性好動的她哪管得了這麼多，一回到家中又到處跑跑跳跳，追著自己的尾巴轉圈圈，或在地上打滾。那陣子我正在拍攝《眞的漢子》裡的警匪槍逐戰，小白在工作室天天看，大概幻想自己也是武打明星吧，有次跳到椅子上後帥氣地跳躍，結果一個不小心就把自己的腿給摔斷了。

小白跟 Yuki 兩隻汪公主總是讓我又好氣又好笑，雖然這些年來她們的醫藥費早已比我當初開腦瘤的費用要多很多。但她們早就是我們家裡的一份子，永遠離不開的。

人生最低潮

因爲深怕朋友擔心，所以整個住院、開刀過程，我沒跟太多人提起。許多在業界的朋友都非常納悶，正當我事業看似如日中天、即將起飛的時候，怎麼突然間就消失了？

直到後來看到我後腦勺長長的傷疤，以及顏面神經受損的後遺症，才知道，原來我生了一場好大好大的病。

我告訴自己，從此要以家人爲重，所以即便才剛出院，當天下午我就到幼稚園參加大女兒孝凡的畢業典禮。典禮後，太太帶著我們一家人到游泳池。當時，我看著無憂無慮的孝晞在游泳池畔開心地戲水。行動不便的我頭歪向一側，流著口水，我不斷在想，萬一將來不能工作，要怎麼撫養孩子長大？

我有好多想法都不能身體力行，靈魂彷彿被囚禁在這個身體裡，內心的無力感排山倒海而來。「我，怎麼辦？我的孩子、我的妻子，都該怎麼辦？」想著想著，眼淚忍不住流了下來。坐著坐著，剛開完刀體力還很虛弱的我昏昏沉沉睡去……

夢中我依稀來到父親生前最愛眺望海浪的那個岸邊，我與父親兩人靜靜坐在石頭上不發一語，我們一起看著潮起潮落，從日正當中到夕陽西垂，最後他回頭對我一笑。突然間，我好像突然感受到當年父親病後，經常獨自坐著看海的心境，或許他當時的心情也與我現在一樣，寧靜，卻又波濤洶湧。

開完刀的那段期間是我人生最低潮的時候，但卻也意外開啓生命的新頁。

半聾半盲的傻瓜導演

重新省視人生

開完刀後，我正好幫 ING 拍了一支影片，內容就是一位父親在金瓜石山上，靜靜地在岸邊看海。最後一幕，人消失了，只留下一個輪椅孤單在那裡。

病後，我一直有種恍如隔世的感覺。這場大病讓我重新省視人生，我發現有太多人，一輩子就只做一件事情。

走遍四十多個國家後才發現，我曾經不斷往遠處看，想尋找台灣可能看不到的風景。但其實最珍貴的風景，反而是在身邊的這塊土地。

唯有在台灣，才有媲美大堡礁的珊瑚礁；唯有在台灣，才能用最短的時間從平地到丘陵再到高山，因而有著五花八門的植物物種；唯有在台灣，才有這麼多職人用心保留傳統工藝，用一輩子的信念和人情味，堅持屬於自己的技藝。

「做，就對了！」成為我病後的口頭禪。

過去，我在拍攝音樂錄影帶的時候，曾經接過成千上萬個案子。當時就有許多劇情片的邀約，希望我能執導。但當時的我不想拍

劇情片，因此面對源源不絕的邀約，始終沒有點頭答應，因爲我想累積更多的人生閱歷後，再來拍劇情片。

然而，手術後的我總戲稱現在是「撿到的第二條性命」。發病時我飽嚐病痛折磨所苦，尤其是對於未來未知的恐懼，想到家人倘若頓失依靠，該如何走下去。這些經歷讓我對看待事物的角度產生極大的翻轉，也對人生閱歷有了更多的想法。

儘管開腦手術之後留下了「半聾半盲」的後遺症，但我的嗓門依然很大，做事的效率依舊是風風火火的行動派。還有一個不變的是，我更珍惜人與人之間的「情」味。

開完刀身體逐漸康復以後，《觀世音》單元劇是我術後接的第一部片，也是我第一次到上海拍戲。這似乎是延續與星雲大師的佛緣，這段期間到二〇一二年將近十年的時間，我又接連拍攝製作了《佛陀的一生》《貧女一燈》《一筆字》等影片，這些都是3D作品。

在拍《一筆字》的時候，我請星雲大師幫我題字，沒想到他送給我兩個字——「吉羊」。這令我很驚喜，因爲大師從不幫公司題字，我也沒有特別提出要求。大師這麼做，對我來說是項肯定，更是認同。甚至後來還獲星雲大師之邀，向其他師父或信徒分享生命故事，這些對我來說，都是值得珍惜的善緣。

二〇〇三年，我第一次接拍劇情片，那部片名叫做《美麗的歌》，是描寫慈濟湯

素珍師姊的眞實人生電視劇。二〇〇四年，接拍第一部偶像劇《香草戀人館》，由張天霖、林立雯主演。二〇〇五年拍攝《貞愛人生》，描述薛淑貞師姊的眞實人生電視劇，由陳夙雰、武雄、伊正等擔綱演出，與之前不同的是，這是我首次擔任製作人。

短短幾年內，我從開始接拍劇情影片，迅速學著從導演兼任製作人，一開始連 run down 都還不會看，但我從做中學，用更多努力與時間來學習。很快地，我鏡頭語言的掌握便受到許多肯定，更被推銷至海外。

在二〇〇八年，來自香港的麥當傑導演看到偶像劇《香草戀人館》，便邀請我來製作 TVB 台港年度偶像大戲《幸福的抉擇》，由藍正龍、劉心悠、楊貴媚等人主演。

我從音樂錄影帶，翻轉到劇情影片，原以為已經是個大轉彎，沒想到接下來的「意外」，更徹底改變我的人生。

8 認識3D，是意外的緣分

意外成了台灣3D浪頭的第一人

從二〇〇五年接觸HD，到二〇〇八年研究3D，我都是走在浪頭上的第一人。

拍3D本來不在我的計畫內，二〇〇七年底，我原本是爲了研究三六〇度環繞電影而到國外考察，結果在無意間認識了3D拍攝，深深爲這項技術著迷，即便當時3D在國際間都還是相當冷門而艱澀的技術。但我深感興趣，所以接連到德國、法國取經，沒想到卻踢了個大鐵板回來。

相關單位聽到我的詢問都感到非常訝異，竟然有人沒被這種精密而複雜的攝影技術擊退，還感到興致勃勃？接著告訴我，這些3D攝影器材的價位因爲稀少所以非常昂貴。器材貴重還不打緊，最重要的是，買了器材不代表可以拍，3D攝影的Know How關鍵技術還是要靠自己回去慢慢摸索。

聽完這些話，我告訴他們：「我再想想好了。」但我心裡卻早有定見。

照理來說，承接他人已經研發出來的技術是比較容易入手。但我逆向思考，我想挑戰尚未成熟的技術，我覺得以我擔任攝影師多年的經驗，應該可以順利摸索研發出3D技術。

我的邏輯是這樣的，就像是黑白電視跨到彩色電視的時期。彩色影片轉成黑白影片，技術上不會有太大的困難，但如果要把黑白影片轉成彩色影片，那就必須重新拍攝、製作，軟硬體都不同，全都需要更換。3D與2D也是一樣的原理，2D轉成3D會有許多技術上的問題，許多2D影片花了大把功夫，最後卻可能只有字幕轉成3D，或可能造成觀眾頭暈目眩的副作用，但如果一開始就用3D來拍，那之後即便想轉成2D，技術上也不會有太大的問題，所以我決定要挑戰3D技術。

過去ＨＤ剛興起，我也搶先在業界浪頭接觸，當時同樣有朋友給予鼓勵，但有更多朋友熱心建議我放棄，不要浪費時間。現在研究3D，還是有許多朋友苦勸我放棄，建議我還不如拿這些時間多接一點案子，生活不是更輕鬆快活些嗎？我當下沒有回應什麼，但內心卻一直反問自己的初衷，我爲什麼要進入影像世界？答案很清楚，就只是熱情！

於是，憑藉著對於影像的熱情，我一頭栽進了3D的世界。

從國外回來後，我開始拿著買回來的兩架攝影機器到處試拍，我自己做3D支架，還上網找了許多關於3D拍攝原理的書，然後自己畫設計圖，憑著攝影師的直覺不斷去嘗試、改造。

台灣的黑手眞的是太厲害了！

我找鐵工廠的黑手，請他們幫忙把這些3D攝影機的支架給做出來。但一開始也碰了好幾個釘子，大部分的師傅都說，從來沒有人會找他們做這種東西，國外都買不到了，他們怎麼可能做得出來？笑我一定是「頭殼壞去」，異想天開（他們還眞是說對了，我的頭殼壞去可是醫生認證過的呢。）好不容易說服了幾個師傅，半信半疑地根據我的設計圖做出那些3D攝影機需要的支架。更厲害的是，他們邊做還能邊進行改良，用經驗幫我把結構改得更強，結果我們眞的就這樣把3D攝影機的支架做出來了！

拿到支架以後，我非常興奮地組合起攝影機跟支架，進行第一次測試拍攝。當時我眼前最多、隨處可得的東西就成了我第一次拍攝3D的素材，那東西就是……藥罐子。

一連拍了好幾天的藥罐子，但我怎麼看就是沒有3D效果，想破了頭，想到快發瘋，還是找不到原因。我心想，會不會是因爲手術後我其中一眼成了弱視，所以看不出3D效果？正巧這時麥當傑導演來公司找我，看我在嘗試3D攝影機，便興沖沖地說也要一起來看看。

麥當傑導演戴著3D紅藍眼鏡，一口香港國語告訴我：「沒有3D啊，這個還是2D的啊。」於是我就一試再試，也請他一看再看，可能一個下午被我強迫實驗逼煩了，到後來索性就說：「有啦有啦，有一點3D了。」

我一聽欣喜若狂，以爲問題原來出在自

己的視力，終於可以拍出3D了。於是我又把3D眼鏡拿給其他朋友，請他們來看。結果都是：「沒有3D，導演，眞的沒有3D。」我的希望頓時落空，不禁垂頭喪氣。

但我還是不想放棄，我不斷試著調整軸間距，又接著來回實驗了大約一百天後，竟然眞的被我做出了3D效果！

但誰知道，這個突破性的成果才是我惡夢的開始……

爲了3D，我吃了三個月的暈車藥

《千刀萬里追》是台灣影史上第一部由國人自製的3D電影，許多人看完以後頭昏眼花，因爲當時沒有考量到兩眼焦距與各項技術層面的問題，所以評價不佳，後來便再也沒有人嘗試製作3D電影了。

二〇〇八年，我在不斷嘗試後終於拍攝出3D效果。但奇怪的是，爲了剪接3D影片，我每次剪過就會頭暈。甚至是一邊看一邊剪，就一邊吐。我本來以爲這大概是自己開完刀的後遺症，但問題總得解決，於是我靈光一閃，決定吃暈車藥！

吃了暈車藥後再進3D剪接室，狀況的確好一些了。尤其是動態攝影，眼睛與平衡的不適感讓人非常不舒服、頭昏眼花，非得靠暈車藥才能繼續工作。

就這樣持續了一陣子，我發現這應該是自己拍攝的問題。過去許多人放棄3D，很可能都是因爲這個原因，於是我重新整理過去失敗的經驗並不斷改良，才摸索出改善的方法。但當時的我哪懂得這些，只知道打死不放棄，用吃暈車藥減緩不適。所以許多人看到我的堅持，總戲稱我是「半聾半盲的3D狂人」。

在研究3D拍攝的過程中，我經歷了太多難以言喻的挫折。舉例來說，有太多次好不容易解決了一個問題，但接下來就又出現三、四個新的問題。更委曲的是這期間所遭遇的冷暖人情，幾乎所有人都認爲台灣不可能有人可以做好3D的。當然更沒有人可以幫忙解答問題，上網搜尋也沒有資料，只能靠自己，慢慢做、慢慢摸索。這種感覺比我當初罹患腦瘤四處尋找醫生，還要更徬徨無助。

我只憑著一個單純的信念，我想讓更多人知道——3D技術是可以由台灣人自行研發、自行拍攝的。我希望我的熱情也可以是星星之火，引爆更大的影響力，只要3D技術能被認可，那麼即便最後沒機會讓這些影片上到院線也沒關係。我甚至都想好了，反正拍了這麼多作品，乾脆就弄一部「3D電影車」，把公司裡3D放映室的設備都裝上車，在退休後和妻子兩個人開著這部電影車，到台灣最角落的山上或海邊，播給那裡的孩子看。

侯孝賢導演與陸續而來的鼓勵

有次，侯孝賢導演來公司放映室看到我的

3D成果，看完後一語不發，我心裡緊張得不得了，莫非影片拍得糟透了，侯導正在想要如何批評這部電影？

這時，侯導緩緩將3D眼鏡放下，雙手交叉放在胸前，久久低頭沉默。我吞了吞口水，準備聆聽大師的意見，他清了清喉嚨，慎重地開口說話：「曲導，你3D影片做多久了？」

「我從二〇〇七年底開始接觸，也有兩、三年了。」

「你知道現在台灣沒有人在做這樣的事情嗎？」

「我知道，這些3D器材都是我自己摸出來、研發出來的。我希望台灣能有自己的3D電影與文化，我只是盡我的專業……」

還等不及我把話說完，他就站了起來，拍

了拍我的肩膀，鼓勵我：「幹！幹得好！你要好好把3D技術做好！」沒想到，侯導竟然給予我這樣的肯定。

後來他推薦我的3D影片《酷客任務》於二〇〇九年的金馬獎創投會議擔任開幕影片。後來侯孝賢導演接了台北市政府的一個案子，要爲二〇一〇年上海世博台北館拍攝《台北的一天》三六〇度環繞3D影片，要以三六〇度立體環繞劇院呈現台北的美，於是侯導邀我一同合作。我打造了一個圓盤支架，放滿八架2K畫質的相機，將人潮洶湧的士林夜市、西門町拍下，也拍了台北特殊節慶之一的一〇一跨年煙火等，結果獲得了廣大好評。

而在金馬獎創投的會議上，施南生看到我

的3D攝影技術非常訝異，於是牽線讓我認識以武俠片聞名的徐克導演。當時徐克導演正在籌拍3D武俠片《龍門飛甲》，因此機緣跟我連上，後來數次到公司跟我討論3D技術，也多次邀我到香港跟他們開會。這終於讓我感受到，我的3D技術總算逐漸步上軌道，受到肯定了。

全國第一部眞人實拍3D電影《小丑魚》上映

二〇〇九年，我拍了一部實驗性的3D電影，也是全台灣第一部3D眞人實拍電影——《小丑魚》。

經常有人問我，爲什麼要拍《小丑魚》？這個故事是這樣開始的，我經常會帶著全家大小到電影院看電影，想要支持國片，made in Taiwan當然是首選。但某天看完之後，當時還在讀小學的小女兒問我：「把拔，爲什麼裡面的角色講話都一定要講髒話？可是學校老師不是都規定不能罵髒話嗎？」

我一時語塞，當下也答應孩子，要拍出一部光明且沒有任何髒話出現的電影，這部電影就是《小丑魚》，也是台灣第一部用3D實拍攝影機所拍攝的劇情片。

《小丑魚》的故事是這樣的：主角吳郭愉因職場霸凌而離開工作，在街道上漫無目的閒逛時突然看見小丑表演，深受這個帶來歡笑的工作吸引，於是加入劇團演出，也因而認識了女主角。

女主角是位視障者，他們相互打氣，最後女主角勇敢接受手術，而男主角也在表演時終於可以面對那些曾令他恐懼受挫的同事們，跨越內心的陰影，勇敢走出人群。

小丑魚本來是部實驗性質的3D作品，並非爲了上映而拍。但絕色戲院的陳俊榮總經理看到《小丑魚》後，覺得這是屬於台灣人的驕傲，向來致力爲國片發聲的陳總告訴我，一定要上院線！一定要讓《小丑魚》上映！

只是《小丑魚》的上映並非一帆風順，尤其當時3D實拍技術尚不普及，所以映演前簡單的核發執照，竟演變成困難重重的關卡。

全國首張3D准演執照

照理來說，送件申請核准執照是照著程序就能完成的簡單流程。當時的電影處還是行政院新聞局的轄屬機關，我請文豪協助將影片和文件按程序送件，後續的上映檔期與宣傳活動都已經排好，眼看計畫就要如火如荼地展開。說到文豪，他是我的助理，這是他在退伍後的第一份工作。面試那天，我跟他一聊就是一個鐘頭，他雖然總是笑笑的、可愛可愛的樣子，還有幾分陽光男孩的氣息。但我看得出來，那時的文豪對自己不太有自信，「子入太廟，每事問」是他的寫照，他似乎把眞實的自己埋藏在心裡，但後來他越做越有自信，成了美力台灣裡很重要的角色。

送出資料後，結果沒想到在准演執照這裡卡關了。理由是我們的3D影片不符規定，在「規格」的選項中只有膠捲與數位可供選擇，我們沒有符合的選項可勾選。評審長官還邊嘟囔著說：「我今天還有五、六部電影准演要看，啊你們2D轉3D就2D轉3D，台灣怎麼可能有人可以這麼拍？不要讓我卡在這個事情上。」

當時的我感到十分懊惱，照理來說，我們都按照程序走，所有需要的東西都早就提出了，怎麼還沒看過就說我們的規格不符。我聽著文豪在電話裡緊張的聲音，告訴我無法用3D電影送件，我大感訝異。

「沒有辦法申請准演執照？怎麼可能？我們不是把所有該帶的東西都帶去了？」

第一時間聽到這個出乎意料的消息，大家都慌了手腳，我趕緊拉著每個人回過神來，試著找出問題。面對危機處理，慌張是幫不上忙的。我必須冷靜下來，思考後續處理的程序與應對。

首先，我請文豪問清楚，電影處核發准演執照時觀影處的設備爲何？我們有哪些地方不符合規定？要怎樣調整才能符合規定？

另一方面，我也立刻拜訪了時任台北電影節總監的胡幼鳳與影片公會的陳俊榮理事長，他們雖忙，但卻不吝於給予協助，爲我聯繫上電影處的陳志寬處長作溝通協調。

溝通以後，非常感謝電影處傾力協助，處長與每位同仁都親上火線了解問題，原來是他們過去檢查的國內播映規格只有數位與膠卷的2D可供選擇。《小丑魚》是首部國人自行研發製作的3D眞人實拍電影，所以播映器材也必須全面升級，幸好經過大家的努力，我們終於趕在最短的期限內，好不容易拿到了全國第一張 3D准演執照。

爲了送DCP，全台3D電影院跑一圈

這張3D電影的准演執照不只是一張紙，他還代表著台灣第一張數位3D實拍電影的規格。雖然《小丑魚》只能算是一部實驗性質的3D電影，但已讓許多3D電影專家與朝聖者嘖嘖稱奇。例如男女主角在野柳女王頭旁談心，我把3D器材用巨型吊臂拉上去，採用拍攝大場景時所需使用的凹入式正視差影像拍攝手法，把觀眾帶到螢幕裡頭去。而男主角在小丑劇團裡表演時，則是用凸出式負視差的影像，讓彩球彷彿都能跑出螢幕，許多觀眾看到這裡都會忍不住伸手去抓。我也運用許多道具像是彩帶或長棍跑出螢幕，讓觀眾以爲就要打到自己了，看得驚呼連連、東倒西歪。

好不容易拿到了准演執照，我們自然也興高采烈地開始配送DCP到全台上映《小丑魚》的十四家3D電影院。但有多家電影院紛紛打來說，他們讀取不到DCP，或是雖然可以讀取，但字幕跑出螢幕外等五花八門的問題出現。

*DCP是Digital Cinema Package的縮寫，就是存取了電影內容的數位拷貝檔案，有了製作好的DCP，電影院才能將影片呈現在大銀幕上。

「不會吧……」這是我們一群人不約而同脫口而出的一句話。

有了先前准演執照的經驗，我才發現「萬事起頭難」，有些東西不是那麼容易或理所當然的。既然我是台灣第一個製作3D電影的人，那就乾脆全台跑一圈，一邊配送DCP硬碟到這十四家上映的電影院，一邊也可以了解國內3D設備規格之繁雜。

《小丑魚》的上映檔期夾在英雄電影《鋼鐵人》與「一次打十個」的《葉問》強敵環伺中，但還是很爭氣地讓許多人留下深刻印象，許多影視圈的前輩也都不吝於給我肯定與鼓勵，如李行導演便帶著我到中國大陸參加電影青年論壇，他說他最佩服我的是：「一個身體不健康的人，還能如此熱心在電影創作，並且將溫暖不斷散播出去。」

其實，因爲對於電影的愛好，我們都是鍥而不捨爲台灣努力的一群人。對我來說，《小丑魚》的出現代表著台灣「美力」的一頁正要開始寫起。

9 五月天是一場災難？

徐克還是五月天？

《小丑魚》上映後，徐克導演也正因籌拍3D武俠片《龍門飛甲》而多次來台邀請我加入他的3D團隊，一起拍出屬於華人的3D武俠大片。

年輕時就看了很多徐導的武俠電影，像是《笑傲江湖》《黃飛鴻》系列等都是華人耳熟能詳的電影，能得到他的邀請對我來說眞是夢寐以求的機會。所以我也多次跟著到香港開會，提供了許多3D拍攝的專業建議。

但在同時，亞洲天團五月天這個過去跟我毫無交集的知名藝人，竟也出現在我身邊。他們的製作團隊告訴我，他們想要製作華人第一部3D演唱會，邀請我一起加入。

這讓我陷入了兩難。我分身乏術，只能選擇其一，但這兩個同樣都是我夢寐以求的難得機會。

後來，我選擇了五月天。

如果我選擇加入徐克導演的3D團隊，這將是集結中港台三地人才的巨作，一定會有很豐厚的資源作爲後盾，而且還能與年輕時喜愛的電影導演合作，照理說應該是不作他

選。但我想到，若是加入了徐克導演的團隊，那我頂多就只是在徐克導演招牌底下的3D團隊一員，而無法實現我的初衷——讓人看見台灣能有如此精良的3D技術。

而五月天的夢想深深感動了我，五個來自台灣的大男孩，想要做出華人第一部3D演唱會。這與我的夢想不謀而合，我想讓世界看到，台灣也能做出國際水準的3D影片。於是我選擇了這個機會。

五月天的阿信曾跟我說：「坦白說，一開始知道要拍3D的時候非常抗拒。很難想像在華人世界裡，大家會怎麼看待3D演唱會電影這件事。」直到有天，他們被帶到一個神祕的小房間……他們看著測試的畫面深深被感動，好像透過3D，自己也能身在搖滾區的第一排。

阿信說：「看過《阿凡達》以後，以爲這種技術只有西方才拍得出來，沒想到有一天，自己也會參與。」他們不僅慢慢接受拍3D，更從原先的恐懼、排斥，慢慢變成興奮、投入。

爲了拍演唱會，我們跑到新加坡、香港、北京、台中、台北等地。拍演唱會跟拍戲不一樣，最大的挑戰是不能NG重來，完全都是LIVE的。2D講的是景深，3D看空間，我們用龐大的3D攝影機去拍攝，既要清楚地記錄表演者，但也不能造成他們與觀眾間視線的阻礙。

因爲當時懂得3D技術的人非常少，所以拍攝壓力非常大。常會遇到許多技術層面的問題，而且當時各地的設備都不夠齊全，光是在北京那場演唱會，我們就需要三套設備才能應付。可怕的是，這三套設備是找了十一家公司才拼湊組合出來的，這還是在北京、上海這些大城市，遑論其他地方了。好不容易湊齊了三套設備，但每部攝影機的規格都不同，還得一一調校。這是技術層面上的壓力。

而在心理層面上，五月天是知名的亞洲天團，拍攝3D演唱會的消息已經傳得沸沸揚揚、萬眾矚目，萬一沒做出來或沒做好，那外人會如何看待這部由國人所一手包辦自製的3D電影？我如何能背負這些期待？

因此，事前我們不斷調校準備，就是爲了因應突發的狀況。在台中場時，其中有一首〈JUMP〉因爲NG，所以我在底下向阿信畫圈圈。阿信的表演一直非常有渲染力，總是能帶動全場，但因爲我的要求，所以他在賣力唱完那首歌以後，喘了一口大氣，再次拿起麥克風：「讓我們邀請全場歌迷一起來參與這個歷史時刻，這是華人3D演唱會電影的第一次，第一次3D演唱會和第一次NG重唱的歌！」聽著阿信的自我解嘲，觀眾哄堂大笑，並再次High翻全場。

歷經十七個月，五一〇天，五一〇〇小時的後製剪輯，《五月天追夢3DNA》演唱會電影最後還是讓我們做出來了！瑪莎看到成品說：「觀眾在電影院，就像自己親臨演唱會一樣。」石頭說：「這是一部可以一起叫的電影！」

這次拍了五月天電影，我也成了五月天的歌迷。最初被打動是在香港，我還記得那首歌是〈溫柔〉，一開始是幾個小女孩哼哼唱唱，然後五月天從黑暗裡慢慢露臉，唱到副歌激昂的地方，雪花也跟著從空中飄散下來，有許多觀眾忍不住哭了，就連維護秩序的保安竟也跟著搖擺哼歌，我看著每個觀眾的心隨著樂音而被緊緊牽動，感動到連雞皮疙瘩都跑出來了。

有五月天，眞好。

眞好，我一直沒放棄，3D。

10 3D《小丑魚》的慈善映演之旅

導演加油

我一直希望，《小丑魚》是具有正面能量的3D電影。所以在電影上映之後，我辦了兩種慈善映演。一種是在電影院裡辦的，邀請各個弱勢團體到電影院觀賞。另一種則是請幾個公司裡的大男孩扛著當時還不成熟的3D播映設備，跋山涉水，到偏鄉學校播映。

我們邀請過腦麻、黏多醣症，還有陽光基金會、癌症病童等團體，在點燈協會的協助與多家企業的支持下，讓他們都有機會到電影院觀賞這部3D電影的播映。

每一次，看著他們戴著3D眼鏡，情不自禁地把手伸出去，試圖抓住電影裡跑出的彩球卻落空時，發出悅耳的陣陣笑聲，我都忍不住跟著笑。每一次，看著他們隨著電影男女主角挫折落淚時也跟著傳出陣陣的啜泣聲，我也感動萬分。

直到電影落幕，我總記得他們摘下3D眼鏡後所露出的一抹微笑，那似乎也是引領他們克服人生難關後，打從心底發出的微笑。

在這趟慈善映演裡，我們看到不同團體彼此都有著各自不同的溝通方式，例如聾人協會的手語、啟智學校的語言等，但最終都同樣露出開懷的笑容，他們讓我懂得：「面對這世界的表情是我們自己可以選擇的。只要你願意笑，那麼全世界就會對你微笑。」

這之間也多次遇到令我印象深刻的事。有一次在京華城，電影播映完畢以後，一位媽媽帶著大約十幾歲的孩子衝了出來叫住我。母子兩人的眼眶都是紅的，我嚇了一大跳，以爲發生了什麼事。

「曲導演你好，我是這個孩子的媽媽。這孩子今年十四歲。我今天眞的、眞的、眞的要好好謝謝你。」那母親才說幾句話，紅著的眼眶又再度潰堤，於是她擦著淚水繼續說著：「你知道嗎？這是這孩子長這麼大以來，我們第二次到電影院來看電影。」

我心裡正覺得納悶，爲什麼是第二次？第一次發生了什麼事嗎？爲什麼沒有辦法再看電影？

這位媽媽接著說：「我們第一次看電影的時候，這孩子才七歲，當時他會一直發出咿咿呀呀的聲音，還會不由自主地蠕動，所以那次電影才剛開始沒多久，我們就被後面的人怒罵：『這樣的孩子妳怎麼敢帶出門，請妳帶著孩子出去！』所以我們走進戲院不到五分鐘就這麼出來了，從此我的心裡非常受傷，也很害怕再帶他出門。今天好不容易克服恐懼，想說現場可能都是這樣的孩子，所以才敢再次來到電影院。今天他好棒，在這一個多小時裡，完全沒有尖叫吵鬧，非常認眞地看完這部電影。謝謝你！導演，謝謝你！謝謝！你一定要繼續拍下去。導演加油！」

看著那位年邁的母親，想必經歷過許多生活的滄桑吧。突然，孩子突然緊緊地抱住了我，我不禁鼻酸。他說要跟我抱抱拍照，然後用右手環繞住我的脖子，口齒不清地說著：「導導……導演，加加……油。」這時我的淚水再也忍不住，從眼眶緩緩流下。

雖然當時的我並不清楚，一個腦痲的孩子要他專注五分鐘跟要他專注四十多分鐘的差別，但這位母親告訴我，3D對腦痲孩子可能特別具有吸引力。以前他的孩子看影片不到五分鐘就開始發出聲音。但這次看3D電影，直到四十分鐘後才開始躁動。這四十分鐘的不吵不鬧對媽媽來說是非常難得珍貴的，所以分外感動。

我心裡猛然一怔。這位媽媽說的話代表什麼？那代表著除了睡覺以外，這孩子經常都是咿咿啊啊的。而這世界上，又有多少腦痲孩子的媽媽正像這位勇敢的母親一樣，用了自己大半輩子的時間陪著孩子。

我們三個人緊緊地抱在一起，我這才發現，要做一件對的事情，隨之而來的是更多的責任。我從不敢說能爲社會做多少改變，但求盡力用自己的專業，爲人們帶來美好的事物。

學著「站出來」

另外，還有個燙傷女孩的故事也令我記憶深刻。

通常在慈善映演的3D電影播完之後，我們都會邀請一些觀眾與我們分享觀影後的心得。那天，我們邀請觀影的朋友來自「陽光基金會」。從一開始入場，我就發現有些朋友因爲燒傷所以腳步蹣跚，緩緩地一步步走著，甚至還有人因爲層層包紮的緣故，所以連一盒爆米花都拿不穩。

「哇！好多年沒進戲院了！」我聽著他們雀躍的聲音，即使因爲臉上布滿繃帶而看不清楚他們的表情，但我聽見他們的聲音是帶著笑容的。他們開心地走到座位，小心翼翼扶著把手，儘管腳步不穩，他們還是熱情地向旁邊的朋友揮手、打招呼。

影片播完後，我們照例想要找幾位願意分享的朋友進行發表。但他們一看到鏡頭便有些猶豫且不知所措。因爲燙傷，所以他們經歷了太多外界異樣的眼光或冷言冷語，連出門都有些抗拒了，更別說是要面對鏡頭。

現場氣氛凍結了一、兩分鐘後，原本我與攝影師討論，決定尊重他們的意願，取消這次拍攝。此時卻突然有個全身穿著壓力衣的女孩站出來說：「我要像吳郭愉（《小丑魚》男主角）那樣，從陰影走出來才行！不能再躲在家裡了！」

因爲滿臉包紮的關係，我們只能看到她的嘴唇與眼睛。她的眼眶是紅的，嘴角還不停地抽動著，但她非常勇敢地從躲在別人背後，慢慢走到……每一個人的前面。其他人看著，也開始跟她一樣，站了出來，並且毫不吝嗇分享受傷後所面對到那些受挫、受傷的心情。他們不敢走出戶外，因爲他人異樣的眼光會讓他們覺得自己很不一樣。只要聽到別人的笑聲，就會覺得那是在嘲笑他們。

然而現在，他們鼓起勇氣，一個拉一個，重新面對人群的視線。或許，他們在這裡找到了一個新的人生答案。

聽到這些勇敢天使的故事，我壓抑不住感動的淚水。他們的一字一句都是用「心」發出的聲音。反觀，我們的人生已經如此美麗，爲何還是經常感到不滿足？我們眞正害怕的是什麼？怕失敗？怕責罵？還是怕面對那個眞正的自己？

其實有時候，我覺得這些孩子帶給我的，遠比我給他們的多得多。

偏鄉巡演之旅

帶來歡笑，不難。重要的是，將這份感動，留在孩子的心裡。

在《小丑魚》慈善映演獲得許多迴響之後，我毅然決定，要把3D電影帶給更多偏鄉的孩子看。

當時的設備沒有現在這麼先進，所以我帶著三個大男孩，用最土法煉鋼的方式，背著兩部上百公斤的巨型投影機，以及3D投影專屬布幕與環繞音響等設備，風塵僕僕，沿著崎嶇的山路，遠赴二十九間北部偏鄉學校與社福機構播映《小丑魚》3D電影。

那時的導航還不是很健全，所以我們經常跟著導航上面的路走，卻開到了深山裡的死路。於是只好不斷往返、掉頭、問人，就是爲了要把3D電影帶給偏鄉的孩子看。

這三個大男孩就是Jesse、榮恩以及文豪。Jesse是我的外甥，那時剛從西雅圖回來台灣的他，頂著爆炸頭，滿臉囂張而不經世事的模樣，跟著我學拍3D電影，我們一路上山下海地拍，我也一路看見他的成長與茁壯，不知不覺他已經成爲一位有肩膀、有擔當的男人。榮恩也跟著我拍3D電影，這三個大男孩裡，榮恩總是最沉默的，他們的個性互補，在《小丑魚》偏鄉映演的活動裡，就是榮恩用鏡頭記錄整個活動過程。文豪則是負責文案企畫，他善於文字，在整個《小丑魚》的偏鄉學校巡演過程中，用他的眼與心，記錄下這一段旅程。

3D播映的器材哪裡來？這些都是公司放映

室的器材，堪比3D電影院的設備，也是我辛苦半輩子累積的家當，都是非常貴重的。所以每一次播映需要拆裝設備時，都必須特別小心。但讓人心痛的是，當我們搬著器材到處跑的時候，還是有許多不了解的人覺得不以爲然，甚至覺得我們大驚小怪，不知道這些器材個個都是心血，像3D銀幕就是特別從法國訂製的。價錢是其次，怕的是有些東西有錢也不一定買得到。

這還不是最大的問題，當時我們爲了要前進偏鄉小學，便開始聯絡學校，但因爲從未接觸過，所以屢屢被拒絕。因爲當時國內的3D影片並不普及，再加上我做這樣的事毫無利潤可言，校方當然會質疑，怎麼可能會有人做這種「勞心勞力的白工」，擔心會不會是一種新的詐騙手法？

幸好後來透過台北縣環保局與當時的九份國小黃旭輝校長協助，才終於讓我們把3D電影帶進他們的視聽教室。

每次裝設備、拆設備，都必須得要不斷將這些上百公斤的器材搬上樓、下樓，兩部投影機要重複校正、同步，還有喇叭接線，幾個大男生還得同時展開特殊的3D金屬布幕，絕對不能折疊，一定要做到萬無一失。另外，除了安全、好看，我們還要顧慮到3D眼鏡的衛生。光是要把這些瑣碎的事情準備好，經常就得花上六個鐘頭。播完後，光是搞好這些器材也累得我們人仰馬翻。但只要一想到孩子的笑容，讓他們記得當下的感動，那一切都值得了。

我們到學校播放的3D電影就是《小丑魚》。藉著3D電影的身歷實境，讓這個簡單的故事動人了起來，這也是我在生死關頭撿回一條命後的人生觀——簡單卻動人。

我們的第一場映演就是在九份國小，但天公不作美，沿路傾盆大雨，雨刷來回不斷撥著雨水，但卻還是撥不出清晰的視線，於是我們緩緩行駛在崎嶇狹窄的小路上，帶著滿滿車廂的3D播映設備，來到山上。

好不容易到了學校裡頭，我們趕緊將投影機、特製金屬投影布幕、鋼架與音箱等器材都做好防雨保護，再將它們扛進視聽教室。那天戶外的溫度只有十度，但我們幾個人卻忙得汗流浹背。

我們趕緊將3D播映設備架好，九份國小的老師們也非常用心地將視聽教室的外頭布置得像3D電影院一樣，並用回收紙做了一張張的3D電影票券，要讓每個孩子都覺得自己像是來到電影院一樣。

《小丑魚》播完以後，黃校長邀請我們團隊到他的辦公室吃九份芋圓，外頭的風冷颼颼地吹著，突然有個戴著帽子的孩子敲敲門，喊了「報告」以後走了進來。

剛開始我以爲是因爲天氣冷所以戴著帽子。後來那個男孩突然把帽子摘下來，我才看到，他的頭頂是沒有頭髮的，只有四周長著稀疏的毛髮。

這個男孩把帽子摘下來以後，深深地跟黃校長鞠躬：「校長，對不起，以後我不會因爲別人取笑我，就跟人家打架了。」黃校長摸了摸他的頭，連連稱讚他：「好乖、好乖，終於長大了。」

這個孩子眼睛紅紅的，似乎剛哭過，但聽了黃校長的稱讚後，原本下垂的嘴角變成上揚，開心地離開了辦公室。

後來我向黃校長道謝，感謝他給我們這個機會播映3D電影。但他對我說：「導演，我才要謝謝你。剛才那個孩子因爲外貌跟人家不太一樣，所以常常被同學嘲笑，也常常跟人家打架。沒想到我教了他五年的道理，今天你用一個鐘頭就教會了他。」

我突然意會到一個道理……黃校長這五年來教導他的觀念，就像播種與灌溉善的心念，而3D電影的播映則讓孩子轉念，終於開花結果。

因此，即便再燒錢，再耗勞力的事，我都有了堅持的理由。或許短時間內，我做的事看不到任何回饋，幾年過去，我們也不會知道當初這些看過《小丑魚》的孩子在哪裡，但或許有天，他們會像一株株充滿韌性的幼苗，在某個地方繼續發芽、茁壯。

我想透過正面思考的3D影片，帶領孩子學會面對挫折，學會用笑容來面對人生。即使爲了播映一次，我們就得花上一整天的時間準備，但我願意做這沒人願意做的「傻事」。

終於，在南北跑了三十多家學校之後，投影機的燈泡因爲震毀而宣告壽終正寢，我已沒有經費更換新的機器，於是「3D小丑魚偏鄉學校映演」的活動也只好告一段落了。

即使小丑魚的活動已經結束，但我心裡似

乎一直有股聲音，我想打造一部眞正的3D電影車，我要走到台灣的每個角落，讓那些平常沒機會到3D電影院的人，都可以看到3D電影，就算要傾盡我一輩子的收入，我也甘願。我想帶著台灣之美，讓孩子重新感受愛鄉愛土的感動，並培養出正面、樂觀的想法。

「3D小丑魚偏鄉學校映演」就是「美力台灣3D行動電影車」的雛形。當時在硬體設備還未完善時，我就憑著一股決心與毅力，希望讓更多偏鄉的孩童看到3D電影。雖然活動暫時結束，但我相信，未來我可以做得更多，更好。

11 在TED演講發願：「3D電影移動計畫」正式起名「美力台灣」，預備開跑！

在TED演講裡，我分享了自己的生命故事。我原本是一個根本沒機會長大的孩子。而成年後更經歷了危及性命的腦瘤，但我兩度逃過鬼門關。手術後雖然半聾半盲，我還是靠著熱忱與努力拍出了3D電影，甚至得到國際獎項。在獲得國際3D大獎返台以後，我便經常在想：「到底，我可以怎麼用3D電影幫助更多人？」

演講中，我一邊分享一邊在腦海裡閃過一個念頭：「莫非，這是上天希望我提前完成3D電影車的夢想？」

獲獎後許多人都說，既然我與李安導演雙雙在國際舞台上獲獎，那我大可以順勢運用當時的名氣接拍商業電影。其實在李安導演來台拍攝《少年Pi的奇幻漂流》前，時任電影處的陳志寬處長就曾牽線安排我與李安導演認識，看看是否能有合作的機會。對我來說，能與國際接軌固然是椿好事，但我也看到國外片商嚴苛的限制，所以最後我並沒有加入那個3D團隊。

我知道那並非是我要的。我想要用3D記錄台灣，記錄這塊土地及人們的故事。在《小丑魚》3D映演之旅中，我始終記得那樣的快樂與感動，無論是腦麻孩子、燙傷女孩，或是在偏鄉裡目睹孩子看到3D電影的驚奇與感動。這一切都再再提醒我，我想把這件事延續下去！

於是，我在演講的最後一分鐘，大膽發願「全國3D行動映演計畫」的展開，這個移動計畫的名稱，就是「美力台灣」。

儘管當時3D車還沒做出來，一切開跑的輪廓只在腦海中。但在演講之後幾天，我就已經爲了籌措3D巡演計畫所需的經費，毅然決然把自己的工作室給賣了！

我又再次，把身邊所有的朋友都嚇了一大跳。爲什麼？我只是很單純地，想要爲了理想而工作，爲了夢想而奮鬥。

我認爲，台灣的美麗是可以眞實觸動每一顆心的。影像是有生命的，如果透過3D行動電影車走訪台灣各個角落，那必定可以散播歡樂也散播愛，這個「扎根」的志業，將來有天必定會在台灣的土地上開滿名叫「希望」的美力種子。

美力台灣
3D
Formosa
3D行動電影院
RAH-5018

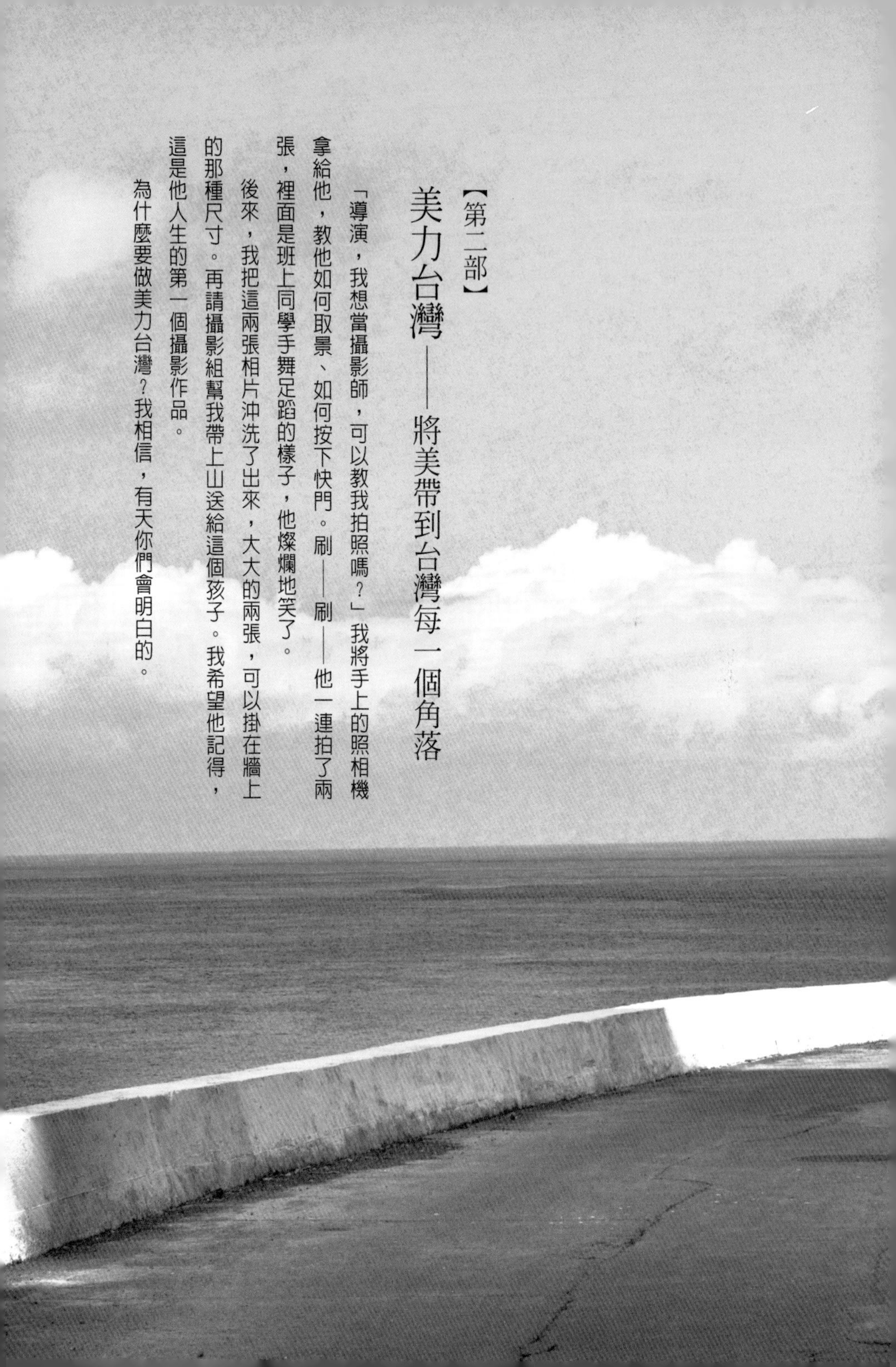

【第二部】

美力台灣——將美帶到台灣每一個角落

「導演，我想當攝影師，可以教我拍照嗎？」我將手上的照相機拿給他，教他如何取景、如何按下快門。刷——刷——他一連拍了兩張，裡面是班上同學手舞足蹈的樣子，他燦爛地笑了。

後來，我把這兩張相片沖洗了出來，大大的兩張，可以掛在牆上的那種尺寸。再請攝影組幫我帶上山送給這個孩子。我希望他記得，這是他人生的第一個攝影作品。

為什麼要做美力台灣？我相信，有天你們會明白的。

1 不做怎麼知道？做，就對了！

美力台灣的第一哩路

二〇一四年二月十四日，還記得那天的溫度只有六度，那是一個又濕又冷的情人節。

凌晨四點，理應是在被窩裡的時間。但有十幾個人這時正浩浩蕩蕩地從四面八方來到公司集合，其中有才剛組合成團的「美力台灣」工作人員、有我引以爲傲的3D攝影團隊、還有「濤哥」李濤帶著他的「善耕台灣」製作團隊，頂著寒風與凍雨，一邊打著哆嗦，一邊再次確認準備帶去的裝備。

看著夜幕慢慢轉亮，但是，祈禱已久的陽光仍未露臉，反倒是傾盆大雨加劇，彷彿是老天爺要給我們的考驗。這是「美力台灣」3D行動電影車即將展開偏鄉之旅的第一哩路。

在車上，原本應該滿是稀里嘩啦的暴雨和雨刷聲，但我卻覺得靜到似乎可以聽見彼此噗通、噗通的心跳聲，沒有人開口說話，全都安靜地嚴陣以待，準備面對即將來到的新挑戰。我們從內湖來到瑞芳，準備要在九份國小開啓美力台灣的第一站！

在準備開跑的那個星期，我簡直忙得不可開交，又是拍片、又是準備3D車，每天都睡不到三個小時。有時總算可以入眠，但夢境總是穿插著我們到學校播映時所發生的種種意外狀況，嚇得我不斷驚醒。疲憊的身心狀況沒有擊退我，反而讓我亢奮地從床上爬了起來，拿起筆，將夢境裡林林總總所有可能發生的狀況，都預先做好規畫。

信任，讓恐懼消失

隨著學校的距離越來越近，所有人的緊張與興奮溢於言表，但還來不及感受這些，我們隨即就遇到了一條只夠容納一輛車寬進出的陡峭坡路。我們在附近繞了又繞，沮喪地發現這是唯一一條可以通往學校的路。

「哇！看樣子過不去了！」開著3D車的駕駛大哥看到這樣又陡又窄的路，忍不住對鄰座的我表達出無奈，我也看出他的沮喪。

他和我們一樣，知道這輛3D行動車載的不只是耗資數百萬的播映設備，更載著孩子的期待與夢想。這些壓力再加上突如其來的惡劣氣候因素，讓他不敢相信自己可以在這樣狹小的坡路上安全會車，畢竟這裡行駛的車輛不少，每一趟擦身而過都是僅有「釐米」距離的技術考驗，一不小心就可能會擦撞到另一輛車。昂貴器材與眾多期待的眼光在他身上都變成「恐懼」的野獸，讓他更加不敢輕易嘗試了。

「沒關係，你不用擔心。你看後面整條車隊都在等著我們這部3D車上去。你要相信自己可以做得到，別擔心，如果出了什麼事，我扛！」說也奇怪，駕駛聽了這些話之後，彷彿吃了定心丸，原本猶豫不決的感覺突然消失了，方向盤上的手勢也果決俐落了起來。

我們就這樣在反覆的進退與左右調整後，終於順利往山上移動。而這，就是我所謂的信任。把3D車交給駕駛，就是將3D車的命運託付給了他。因爲這一關，我更加確信要把這個使命完成，因爲只要不放棄，就會有成功的希望，做，就對了！

「導演，歹勢……可以借問一下嗎？聽……很多人說……說，說你是頭殼……壞……壞去，勢金ㄟ嗎？爲什麼……你這麼堅持要做這些事呢？」3D車駕駛支支吾吾地問著，似乎想確認這個傳言。

「你說呢？」我把頭轉了過去，讓他看到我後腦杓開刀後留下的傷疤。「如果你有第二條命，會不會更拚命，想活得更有價值呢？」駕駛看到以後嚇了一大跳，但我想他應該懂得我的意思了。

我一直相信，有願，就有力！隨後，九份國小的校門出現在眼前，我們再度振奮了起來。美力台灣，出發吧！

讓孩子重新認識台灣

美力台灣，全台第一個3D行動電影院巡演活動。這個活動的靈魂人物就是這部車，它不只是輛卡車，更有著獨一無二的設計，只要一展開雙翅，就能變身成環繞型的3D電影劇場，在任何地方都可以播放電影。初衷就是希望能開到偏鄉學校，不受場地或環境局限，透過3D立體視覺空間的新奇，開啟孩子的視野，帶領他們透過3D影片重新認識台灣。

美力台灣
3D
行動電影院
Formosa
EPSON

2 拚命活出，第二條命的價值

當初之所以取名爲「美力台灣」，是源自於「感動」。

我認爲，許多人都正在做美的事情，這種美不只是外在的感受，也不設限微觀或宏觀，只要是有人味都是美的。像是善念的萌發，讓我們主動想去幫助身邊的人或陌生人。或是美麗的自然景觀，不一定要壯闊，只要用「心」去看，坐下來靜賞花開，萬物自然相映，心靈動靜自得。這些都會讓我們不由自主地掉下眼淚，這些感受都是美。

而「力」，指的並非海克力士舉重萬鈞的力氣，也不是盤古開天撼地之力。少了感動，再大的力量都還不一定能撼動人心。

若美到讓人感動，甚至不由自主地隨之掉淚，那就是一股無可比擬的力量。所以我一直覺得，美麗是一種力量。而台灣的美，更是一股可以感動人心的力量。這就是「美力台灣」想傳達的。

不可思議的神奇任務

獲得國際3D大獎的晚宴上，有幾位國際同

業問我：「Dr.曲，這部片你是找美國，還是歐洲的哪個專家一起合作的？」

「這是我們台灣人自己拍的。」我透過我的外甥 Jesse 翻譯給那些外國人聽，他們紛紛露出不可置信的表情。

一位金毛長捲髮男，隨即連珠炮般地問了一個又一個的問題：「Unbelievable! 那你們攝影團隊有幾個人？三十個、還是五十個？我可以看看你們的3D攝影機嗎？你是怎麼學好3D技術的？是跟詹姆斯卡麥隆學的嗎？」

由於他一連串的問題，大家聞聲都把視線集中在這裡，於是我比了一個四，回答他的第一個問題。

那位金毛長捲髮男說：「你們團隊有四十個人嗎？」

「不，是四個。」他眼睛睜大到幾乎快跑出來的樣子，周圍的人聽了也開始議論紛紛起來。

「亞洲人，你們四個人？Come on! 別開玩笑了。」他似乎壓根不敢相信，彷彿我是不知從哪跑來的怪胎，說著天方夜譚。

我手機裡剛好存著前陣子攝影組出班的相片，乾脆就直接拿給他看了，他一邊翻著一張又一張的相片，我也一邊跟他補充說明我的3D攝影機是如何自己改良的，全部都是made in Taiwan。而3D技術則是我不斷透過看書、上網，以及摸索得來的，是我花了好多好多年，辛苦累積的成果。因爲預算有限，沒有什麼人願意相信我們能做到這樣的成果，我們不像外國3D攝影團隊可以分工，只好用勞力與時間換取畫面，幾乎每天都在外面不斷地拍、不斷地拍、不斷地拍……從百花齊放的春天拍到秋楓齊落，又從穿著羽絨大衣拍到穿著無袖背心。

我清楚記得，眼前的那位男子和其他圍觀的人聽完我的3D血淚史後，他們的眼神從質疑變得肯定。後來那位金髮男拍拍我的肩膀說：「做得好！」

後來更有兩位外國評審，正好是一黑一白，主動走過來對我說，羨慕我能居住在這樣的土地上，雖然他們說的是英語，但我卻能感受到他們對台灣的讚賞與感動，他們說得熱血沸騰、眉飛色舞。我不斷聽著他們重複提到「Beautiful」、「Formosa」以及「Taiwan」等字眼。當時我深感驕傲，就連這樣「閱片無數」的國際影像評審，都在看完《3D台灣》後，深深被台灣這塊土地所打動。因此我決定，一定要讓這麼美的土地被更多人看見。而這個想法，就這樣牢牢地在我心裡頭留下種子。

得了國際3D大獎之後……

拿了獎回來，當然很高興能為台灣爭一口氣，許多報章媒體還稱呼李安與我在國際舞臺上是台灣之光。但在表面的風光下，其實這一路著實苦不堪言，從剛開始被人嘲弄，好不容易研究出一些技術，甚至在越來越成熟之後拿了獎。但我回到台灣以後，有好一陣子，我拿了好幾十張與李安的合照，不斷在剪照片……

我想把李安與我兩個人，分開來。

我們都獲得了國際3D大獎，雖然早就知道我跟他在國際知名度上有段差距，一位是國際知名的奧斯卡導演，參選的劇情片《少年Pi的奇幻漂流》全球注目。而我在國際上沒沒無聞，但我心裡眞正感到失落的是，我認爲我帶著《3D台灣》到好萊塢參與這樣的全球盛會是爲台灣爭取榮耀，但似乎得不到官方的認同。陳俊榮理事長替我向文化部影視局爭取，希望給予機票的補助並舉辦記者會。但文化部的長官答應後不到三個鐘頭便來電，說他們看到美國影展的官方網站上，《3D台灣》的作品國寫著「中國台灣」。所以不符合機票補助與舉辦記者會的規定，並希望我自己寫信向美國主辦單位抗議。

我知道以後心中忿忿不平，更感到沮喪。我只是一個影像創作者，而且已經很清楚在片名上告訴大家，我來自「台灣」。但相對於同樣來自台灣的李安，我感覺自己的處境似乎顯得更加艱難。

我在上臺領獎時只有簡短幾句話，我說：「I love 3D! I love 3D Taiwan!」不就是表達我對這塊土地的愛嗎？這句「I love 3D!」甚至意外地成爲當晚頒獎典禮的slogan，每位受獎者都用這句話來開頭，顯見我的發言受到了注意。

我認爲，台灣在國際上的路已經很窄了，爲什麼非得用抗議才能表達自己的立場呢？

爲了避免不必要的誤會或被政治立場操弄，最後我選擇了放棄抗議，我告訴自己，我要用3D專業做更多事情，要用行動表達我愛台灣的立場，而不是形式。

能夠在全球影像殿堂的好萊塢受到肯定，這是多少行內人的畢生夢想。但我在當下卻因爲這個插曲，心理感到很不平衡，而越想越比較就越去鑽牛角尖，也越是耿耿於懷。

就在這個時候，我突然在雜誌上看到了兩個字——知足，打入了我的腦袋，也點醒了我。

或許，我應該爲手上的這個獎座感到滿足了。

有太多努力的人終其一生，都不見得能夠讓人看到當時所做的事有多麼不平凡。我常說：「努力不一定會成功，但成功的人一定需要努力。」在經過這麼多、這麼久的蟄伏，我始終埋首研究3D技術，期間經過太多的嘲諷或挫折，最終竟有機會站上好萊塢舞臺，已感足矣。

或許應該更進一步思考，這是不是上天希望藉由我來做些什麼事呢？

我捫心自問——我的「初心」。

或許，是該把浪漫的退休計畫提前了

當初接觸3D的時候，我就想要藉著這個技術爲台灣的影視產業帶來一些不一樣的東西。不過，當時的3D技術即便在國際上也都是相當冷門的，所以我常開玩笑與太太說，如果我拍的這些東西最後賣得不好，那不如在我們退休的時候打造一部3D車。這樣就可以一邊環島旅行，一邊在晚上放映電影給那些沒看過3D的孩子們看。

我也跟幾個朋友提過這個想法，但他們都說，這是一個浪漫卻不可能實現的退休夢。

3D能讓人看到不一樣的台灣之美，更深入去了解台灣。那不如就把退休後的計畫提前吧！既然3D台灣紀錄片上不了院線，那我就來打造一部3D電影車，到山上、到海邊，讓偏鄉的孩子也能看得到3D電影。

就是這樣單純的信念，鼓舞了當時獲得國際3D大獎卻倍感沮喪的我。我愛台灣，所以我希望能讓台灣的美被更多人看見，決定了，就做吧！

這些挫折或許是上天冥冥中的安排，告訴我，該把浪漫的退休計畫提前實現了。

3 爲台灣這片土地作傳

我曾走訪過幾十個國家拍片，但我最喜歡拍的地方，還是台灣。

尤其在獲獎回台後，我不斷回想起那天晚宴上評審對我說的話，這些誇讚或許是客套，但他們卻能對影片裡的野柳女王頭、台南四草綠色隧道、台北一〇一以及蘇花公路如數家珍，這還是令我相當感動。

我隔著辦公室的窗戶看著灰濛濛的天空，想起我童年記憶裡老是下雨的基隆。想起在海邊玩水、捉魚，還有母親織著漁網，幾個叔叔出海捕魚的畫面，屋子裡總是傳來炒著

魚鬆的香味。大自然的美麗風景伴我度過這些美麗與哀愁。台灣是我們每個人從小到大感情與精神寄託的地方，有著太多、太多的記憶，與太濃、太濃的情感。

二○○六年，我率先用ＨＤ來記錄台灣風景，不論是山嵐雲彩的一絲絲變化或山峰峭壁的一痕一鑿，都能清楚呈現。以那些國際評審印象最深刻的蘇花公路爲例，我赫然發現，因爲工程與坍方，讓這塊土地的面貌不斷產生改變。過去那個被稱爲「鬼斧神工」的大自然風景，早已變成開發後的道路與絡繹不絕的行車，那些圍籬就好像一道道的傷口，謹防著雨天後的再度崩塌。於是我立誓爲台灣這片土地作傳，我想將這塊土地美好的一點一滴仔細記錄下來。而採用3D，不僅可以讓觀衆欣賞美景，還能因爲立體視覺空間的塑造，感受到土地的稜角與海洋的壯闊生命力。

大自然的語言

大自然會用它的語言訴說。但人類必須用心靠近與體會。

在3D之前，我經歷過¾帶、batacam、digital、betacam、16mm、35mm、ＨＤ等影像規格。跑遍四十多個國家以後，我回到了攝影者的初心，花了許多時間上山下海，用心拍攝。雖然開完刀以後，我的眼睛與耳朵已不復以往敏銳，但我更可以放下所有雜念，慢慢體會，慢慢記錄。

後來我在拍片時養成一個習慣，爲了用鏡頭說故事，我會從深夜等到黎明破曉，然後再從日出拍到日落，就爲了等待一個幾秒鐘的畫面，我會用時間換取機會。有好幾次，攝影師興奮地說：「導演，這個畫面太棒了！我們終於等到一個完美的日出！」

但我卻說：「這還不夠，我們絕對可以拍到更好的。」雖然看到攝影團隊已經露出一些疲態，但我還是必須狠下心，請他們陪我一起堅持，等待更好的畫面。

我希望能夠帶給團隊的，是一種對於工作的「堅持」與「珍惜」態度。我一直覺得記錄片是有靈魂的，所以我們必須不斷對自己要求、對品質要求，才對得起在這個工作崗位上的自己，也才對得起大自然毫不吝嗇地展現祂最美麗的姿態。我只是盡我的攝影專業，用心把事做好。

拍攝時我常常幸運地遇到很好的天氣，或能拍到預想中的畫面。常有人問：「爲什麼你能拍出攝影、光線、構圖都如此講究的紀錄影片？」

我想或許就是因爲這樣的信仰與尊重，所以大自然總願意用許多預料之外的「特別演出」來回饋我們。日出時，畫面裡的顏色摩拳擦掌地競相爭豔，微光透出雲隙，收到這些預期的畫面我好幾次想喊「卡！」但山嵐彷彿在對我們說：「再等一下！這次換我們好好表現了！」

於是光影展開了繽紛的律動，塗滿了穿透性的光彩，所以人都情不自禁地繼續拍下去，沒有任何人問可不可以「卡」，也沒有任何人的視線離開攝影機。儘管數夜未眠，但每個人還是都睜大了眼睛，記錄著這齣大自然的精采演出，唯恐漏掉一刻。

這也是爲什麼我深深著迷於紀錄片的原因。我在二〇〇五年首創用HD拍攝台灣紀錄片《世紀台灣》，可說是《3D台灣》的前身，《世紀台灣》推出以後，公司經常接到一些旅居海外的華人打來的電話，他們都說看了以後非常感動，讓他們好想念家鄉，鼓勵我，這樣的片子要繼續拍下去。

很巧的，《世紀台灣》與《3D台灣》兩部片，前者以HD拍、後者用3D拍，都是走在影視世界的浪頭上。

我還記得《世紀台灣》剛推出英文配音版時，許多人都很讚賞，直說：「這個外國人眞的很了解台灣，把台灣拍得太美了！」這樣的誇獎對我來說當然是種肯定，但也有著一股無奈，難道台灣人就沒辦法拍出國際水準嗎？

夜深人靜時，我經常會問自己：「這樣的生活你滿意嗎？」尤其外界看著我埋首拍3D，許多人都以爲我瘋了。不僅把房子賣了，還借貸了好大一筆錢，就爲了購買3D攝影相關設備，然後又推掉過去擅長的MTV和偶像劇等案子，只想專心把3D研究出來，天下哪有這樣的傻瓜！但或許就是這樣的傻氣，才能讓我堅持下去，哪怕後面的路有多麼艱辛。

4 美力台灣開跑前的重重挫折

頭殼壞去是稱讚

其實我一直覺得，「頭殼壞去」對我是一種稱讚，因爲那代表著不計個人的利弊得失，勇往直前。

當美力台灣這個想法成形之後，我興奮地告訴身邊的朋友，想跟他們分享這個好點子。但他們的反應就像我剛開始要投入3D電影時一樣，紛紛勸我打退堂鼓。他們說，這樣的事情吃力不討好，要先花一大筆錢不說，即使眞的做了，在現今的社會氛圍下，又有誰會因爲這樣的事感動？這麼做改變不了什麼的。

雖然知道他們的關懷出於眞心，而且擔憂我在動過重大腦部手術以後，是不是還有能力禁得起未知的後果或挫折？但我聽在耳裡多少還是有點難過的。不過，我對這塊土地與土地上的人們都有信心，我相信這樣的事一定會對某些人有意義。而究竟是誰？這個答案就需要我們一起去找尋了！做了才知道，不做都是空談。而我，必須率先做起。

於是我畫了一張3D車的設計圖，這是綜合之前製作3D電影的經驗與放映條件的考量。

我希望車子裡頭要有3D螢幕、環繞音響，要有比擬電影院設計的遮光效果，還必須要能耐得住跋山涉水的震動。這部車子必須要能從台灣頭跑到台灣尾，即便在鄉間小路、崎嶇陡峭的彎路都要能通過。最重要的是，必須具有無論在什麼地方都能夠播映3D電影的功能。

紙上談兵很容易，真的做了，才發現沒那麼簡單。

在TED演講中，我曾經提過這個3D行動映演計畫，後來有許多人跑來跟我討論3D拍攝之外，更好奇美力台灣的行動映演計畫。許多公部門與各大基金會的人知道了這個計畫以後，更是紛紛到公司跟我說要支持這個計畫。他們說，經費的缺口他們可以幫忙補足，其他任何需要協助的地方，也都願意一起來努力。

「看起來這次會很順利！」聽著這些承諾，我開始對這個即將開跑的計畫充滿信心，這次看來不會像我之前研究3D那樣碰一鼻子灰了吧！

我開心地拿著3D車的設計圖到車廠詢問怎麼打造這部車，想要討論怎麼讓這些需求成真，沒想到跑了十幾家，每個師傅看到設計圖的反應都一樣——眉頭一皺，然後一口拒絕，還順便熱心地提醒我這種車根本不可能做得出來，不用再花時間問了。

跑了許多知名車廠，碰了許多釘子後，我乾脆回到汐止的一家小車廠，裡頭的黑手臉上與衣服滿是黑色的油垢，一邊嚼著檳榔，一邊伸手跟我要設計圖來看。「你確定眞的要做這樣的車嗎？」他大概很難相信有人這麼天馬行空，畫出這種想都沒想過的設計圖。於是轉身去找老闆一起評估，看要不要接下這個案子。

「做！遇到問題解決就好了嘛！我就是要做一部可以放3D電影給孩子看的車，眞的有這麼難嗎？」我開始有點氣急敗壞，因爲實在遇到太多人直接拒絕這個構想，連理由也不說，一口拒絕，我甚至不斷透過友人的介紹與打聽，希望找到願意接案的車廠，但還是換來一盆又一盆的冷水。

「這部車要花很多錢喔，而且你的圖這裡要改、那裡要改……最重要的是，以前沒有人做過這樣的車子，所以除了花錢，我們還要花很多的時間。這些時間我們都可以再做五、六部車的生意了。」他們口裡說出的每一個字都像一顆巨石，敲得我的腦袋轟轟作響，看來這個願望似乎沒有想像中那麼容易實現。

不過沒關係，至少他沒有拒絕我。

王老闆終於點頭答應接下這個艱難的案子，並請師傅阿賓跟我們一起討論這部車要如何成形，如何做修正。於是我們拿著設計圖，一項一項逐步討論。我知道這部3D車一定所費不貲，但幸好先前有許多人都答應可以助我一臂之力，想到這，我振奮了起來，於是擬了一份簡單的企畫與預算，準備展開打造3D車的計畫。

一塊錢也沒募到

當我寫完企畫，真正開始進行募資的時候，當初信誓旦旦說要協助的公部門與基金會，不是沒有回應，就是他們自己也遇到難題，沒辦法提供協助了。我每天電話一個接著一個地打，但希望也一個又一個地落空。我原先的樂觀早已支撐不住，非常氣餒，看來3D車真的只能胎死腹中了。

在這萬念俱灰的時候，我突然接到車廠師傅阿賓打來的電話：「頭家！你要的車，王老闆已經幫你找到車款了，只要用這臺車來改，你要的那些條件我們都可以做出來了！」

這太令人振奮了！原本幾乎不可能做出來

的車子終於有了一線曙光。但是，車子就算到位，沒有資金還是不行啊，募不到款項，車子怎麼做得出來？想來想去，沒有別的可能了，於是，爲了夢想我只好「再」賣一次房子。

但這次賣的，是我半輩子的心血，是我在內湖的前一個辦公室。

取是能力，捨是境界

我的第一間辦公室位在地下室，那裡空氣不好、環境也差，但身上實在沒有多餘的預算，所以就從那裡開始發跡。後來賺了一些錢以後，我帶著團隊與大批器材搬到內湖。雖然地方不大，但在這小小的空間裡，我們拍出讓老外瞠目結舌的3D影片，徐克導演多次祕密來台請益3D技術、侯孝賢導演看到我在3D的成果叫我繼續做下去、五月天3DNA演唱會電影的誕生、台灣第一部3D眞人實拍電影《小丑魚》、許多記者與產業界人士來訪、看著三個女兒，還有公司的孩子長大……

儘管總是被質疑這麼小的空間，我們要如何做好3D拍攝、調光、剪接、以及Show Room？但我們眞的做到了！歷經這麼多辛苦以後，我們終於存夠了錢，將公司搬到隔壁棟更寬敞的地方。在這裡，有我太多的故事與回憶，要賣，實在捨不得。

但爲了讓「美力台灣」可以走下去，我必須捨去某些東西。

於是我毅然決然地把這個地方賣了，並再跟銀行借貸了一筆費用，這些錢剛好讓我可以製作這部3D車，並讓活動能持續運作一段時間。

其實，當我準備簽字賣房的前幾天，有個基金會打了電話過來，說他們聽到這個3D車的偏鄉映演計畫，很希望可以協助我繼續下去。這個消息當然很讓人高興，但正式坐下來談的時候，對方卻告訴我他們自己有車，所以我只要把3D影片讓給他們就好。我看著他像打開水龍頭一樣劈哩啪啦地自顧說著他們基金會的宗旨，說著3D車可以如何結合他們的計畫，並且輕描淡寫地說讓他們來跑就好，我不須插手，這些話聽在我的耳裡，心痛不已。

尤其是，他們希望我可以無償並且無限期地提供他們使用我所拍攝的3D影片。

拍攝影像的版權原本就難以界定，這在我的心裡一直是個痛，而在這次談話中，他們似乎將「影片」看成一項商品，完全不顧影像工作者所需要的尊重。這個問題一直都在，我在得了3D獎回台以後，也屢屢有這樣的感受。正因爲我一直對這樣的現象感到不平，所以更覺得美力台灣這樣的計畫值得我用心、用力去做。

於是我決定婉拒美其名的援助，賣掉工作室，我要做我想做的事。

5 五個臭皮匠

「師出無名」的團隊

每天早上醒來，即便沒有特別的信仰，但我的習慣就是先向衆神禱告。我會先講講我是誰，接著祝福身邊的朋友們大家身體健康、諸事順利等……有的沒的都說完了以後，就風風火火地展開一天行程。因爲大病之後，我更懂得把握當下，當人不斷去爲他人禱告時，便會提醒自己時時心存善念。

我最幸運的就是，不論我做什麼事，妻子始終願意支持著我。美力台灣的龐大開銷讓我們根本不敢認眞去算。但既然開始了，就往前走。車子還在難產的時候，我便找了以前的老戰友，四、五個臭皮匠組成了一個美力台灣巡演團隊。

首先加入的，是我三十年前初入這個行業時遇見的燈光助理小寶，行事細膩的他當過我無數片子的統籌，只要有他在，我就能放心。剛好，那陣子他手邊的片子正好告一段落，於是我趕緊把他拉來協助我這個「師出無名」的團隊。

告訴小寶我的構想後，他義無反顧地全力支持我：「雖然我身上沒有幾個錢，但我能夠出力的，就幫你做到。」並且幫我找了兩位司機，一位是負責駕駛3D車的吉馬，還有一位是駕駛交通車的傑克。

這個團隊裡的成員背後都有自己的幾段故事，但重要的是，因爲這個活動，讓我們彼此的故事可以繼續譜寫下去。

美力台灣也改變了我們

傑克是我過去拍偶像劇《香草戀人館》時就已經認識的，當時他是來做道具的，也曾經在別齣戲裡當過演員，入木三分的演技甚至讓載過他的計程車司機想用簽名抵車費。後來他離開了這個圈子，去夜市擺過地攤，也開店賣過水餃。然後在剛決定要收起水餃店的那天，小寶的一通電話，讓他來到美力台灣。傑克常開玩笑說，以前是繞著夜市一圈圈跑，現在是繞著台灣一圈圈跑。

讓人驚訝的是，印象中十年前那個脾氣火爆的他，經過生活的歷練改變了許多，而參與了美力台灣之後，因爲每天不斷分享歡樂與愛給孩子們，更讓他從「加入」到「投入」，也因爲有他，讓活動變得更順利圓滿。

駕駛3D車的司機吉馬的加入也是個巧合。六十歲的他是整個團隊裡年紀最大的，接到小寶打來的電話時，他正在等著下一部通告，他跟傑克的工作其實都沒有那麼的穩定，所以這通電話來得正是時候。也就這樣在因緣際會下，兩通電話逐一完成了美力台灣的團隊拼圖。

吉馬，美力台灣3D行動電影車的車長先生，他這一輩子似乎跟「車」特別有緣，做過火車的車務員、客運司機，現在則把3D行動車當成自己的老婆般細心呵護。

吉馬年輕時個性活潑，曾經加入華視演員訓練班，一腳踏入了演藝圈，也對拍戲有濃濃的興趣。但後來他大部分的時間卻是擔任最辛苦的場務。有拍戲經驗的都知道，因爲劇組工作的腳步是非常迅速而且繁瑣的，場務就是片場裡被喚來叫去的那個角色，整個片場總是聽到：「吉馬，把便當拿走！」「吉馬，我的菸拿來！」整天「吉馬」「吉馬」被叫個不停。這些工作就是他的人生，這些事情慢慢在他的心裡留下裂痕，雖然覺得沒有尊嚴，但還是咬牙撐過，畢竟那麼長的時

間都將人生投入在演藝圈，實在無法想像離開後要怎麼走，所以就這麼一直做下去，走遍台灣南北，一晃眼，大半人生都在劇組裡度過。然而長期的指使與責罵，開始讓他對身邊的人產生了一些不信任與距離感。

加入了美力台灣之後，意外讓吉馬的人生轉了個大彎，他是團隊裡轉變最大的人。從過去總是被叫過來喚過去的場務，變成經常被孩子所簇擁、崇拜的長輩。吉馬在這份工作裡找回了自信，還洗了一張很大的活動照片掛在家中，照片裡就是他參與活動時跟校長的合照。

每個學生、老師都對吉馬非常尊敬，甚至還曾經被要過簽名，也有學生說要以吉馬爲目標，長大後也想幫導演開3D車，開給別人

看。「OK，那有什麼問題，到時候偶再來教你開車，口是，要等偶退休以後喔。」帶著台灣國語的吉馬露出燦爛的笑容，對那些把開3D車當作夢想的孩子這麼說著。

除了小寶、傑克、吉馬之外，我還找了過去一起參與我的第一支3D電影《小丑魚》偏鄉映演的文豪加入。有時回想起那時的時光，我們幾個大男人就這樣帶著電影傻傻地放給孩子看，然後再帶著滿滿的笑容回家，想著、想著，做夢也會笑。後來《小丑魚》巡演活動因爲器材損壞而結束，他便繼續進修，本來應該是要朝著教師之路邁進（他開玩笑說，應該是加入流浪教師的行列。）後來被我抓過來，加入了美力台灣的團隊，負責安排行程的聯繫窗口。

於是五個臭皮匠：小寶、吉馬、傑克、文豪與我，正式組成了美力台灣的巡演團隊。

台灣的黑手，讚！

在3D車總算「千呼萬喚始出來」，完工驗收的那天晚上，幾位師傅滿懷自信地看著我，儘管臉上與衣服滿是黑色的油漬，但這部車真讓我不得不讚嘆：「台灣的黑手，還是最讚的！」

憑著我的想像力與對3D電影的專業知識、師傅們對汽車工業的專業，我們就靠著一張設計圖，打造出全台第一部3D行動電影車。看似簡單，但其實是經過無數次的討論與改良，讓這個設計變得簡單而人性化。

我打開了3D電影院的開關，幾位師傅跟那些第一次看到3D電影的孩子們一樣，「哇——」地叫了出來。爲了感謝，我特別幫他們準備了3D美女電影，哈，非常實際的回饋對吧！他們一邊揉著自己的眼睛，一邊不敢置信，那些明星如此栩栩如生，就像在眼前。但對我來說，更讓人不敢相信的，是從他們的手中確確實實打造出一部堪比3D劇院設備的行動車。

好！3D車有了、巡演團隊組好了，還有四部3D影片也都準備好了。我們找到郎姑（郎祖筠）擔任我們開跑記者會的主持人，以及負責初期籌畫的文秀，在華山文創園區的光點電影院廣場開了一場開跑前的記者會，並邀請到時任政委的張善政與立委陳學聖等人站臺。

張善政很好奇我爲什麼要找他來協助：

「你車子也有了，影片也好了，還要我幫忙什麼？」

「我希望你能給我一些偏鄉學校的名單，讓我能把3D行動電影車開進校園。」他相當驚訝地看著我，或許在想，這個人眞的瘋了，把房子賣了、欠了一屁股債，竟然眞的要這樣做下去。

「好，我會請教育部給你一個名單。這些是DOC的駐點單位。」DOC就是「數位機會中心」（Digital Opportunity Center），是教育部配合行政院政策，在全國偏遠鄉鎮所設立的，希望能縮減城鄉間的數位落差。爲什麼我們會需要這個名單呢？因爲當我們主動聯絡學校時，又遭遇了一些問題，就像幾年前《小丑魚》偏鄉巡演時的翻版，我們經常被誤認爲是詐騙集團或推銷影片的。或許一開始這些老師也都本著良善的立意讓活動進入校園，但卻遇到許多強迫推銷的經驗，讓他們起了防衛之心。所以在剛開跑，教育部還未加入指導單位的時候，有些老師就會要求我們提供教育部的證明與公文，或是諸如此類的疑問：「你說你們是美力台灣。是免費的，那你們是賣DVD的嗎？」

「怎麼可能會有這麼好的事，你們是詐騙集團吧？」「你們經費哪裡來的？是導演賣房子？」「他是頭殼壞去嗎？」

6 台灣需要傻瓜

「憨人」與「傻瓜」一拍即合

常有人說，做美力台灣的人，不是瘋子、就是頭殼壞掉。

剛好，我兩者兼具。

結束了跟麥當傑導演合作的港台偶像劇《幸福的抉擇》後，我爲了專心研究3D攝影與製作，花了很多錢，投入了許多時間，還推掉了很多案子不接。當時很多人都說：「小曲瘋了，誰來救救他？」

至於我頭殼壞去，就是腦子裡那個拳頭大小的腫瘤。我動過醫生說成功機率不到一半的手術，走過宣告只剩下半年壽命的生死關卡。這段故事我告訴了濤哥（李濤）。他當時正努力籌畫一個新節目《善耕台灣》。他離開「朝九晚十一」的攝影棚，上山下海親自去挖掘許多讓人熱淚奔騰的動人故事，找回台灣的草根價值，這樣的熱情卻讓電視臺卻步。濤哥自嘲是個「憨人」，正好，和我這個「傻瓜」一拍即合。

過去我曾認爲螢光幕前的他爲政治而生，犀利精準。但此刻來到吉羊辦公室，跟我談著寶島角落眞善美的李濤，卻是個如此溫暖

柔軟的人。

「爲什麼會選擇偏鄉或弱勢的孩子？」他問著。

很久以前我就開始拍山上、拍海邊，那裡有太多美麗的風景。拍成影片以後，很多人看了以後問我：「這是國外的哪個地方？」於是我決定要從偏鄉開始，帶著孩子看見自己的土地，透過3D去開發他的想像力與創造力。在山上的孩子，我就讓他們看到海洋。住在海邊的孩子，我就帶他們看見山上。

「有沒有想過，如果不碰3D的話，現在可能會做什麼？」濤哥又問。

或許，我就繼續拍MTV了。這沒有什麼好與不好的問題，只是一個選擇，人生有太多因緣際會可能改變我們的方向。我一頭栽進3D的世界，從無到有。許多人說，這是命中注定的成功。是否成功我不知道，但我一直告訴自己：「努力不一定成功，但成功一定要努力。」

「是否當時想過放棄3D或做美力台灣的事情？」

說眞的，這個事情我從來沒有想過。放棄也需要勇氣，對我來說，現在已經是撿回的第二條生命，我一路衝，一路往前進。能否活過下一秒，自己都不知道，能給偏鄉小朋友或給更多人看到3D，對我來說，就是一種幸福和鼓勵。

《善耕台灣》後來在節目裡是這樣形容我們的行動3D電影車：「一部能夠展開雙翅的廂型車，伸展開後，不是能飛行的羽翼，而是一屏黑黑大大的螢幕。孩子戴上一副《駭客任務》裡的眼鏡，按下開關，台灣的珊瑚礁、紫斑蝶、海底世界全都映入眼簾，活生生地飛舞在面前，彷彿伸手就可以抓住眼前的那份顫動。這是一部能夠施展3D魔法的行動電影放映車。」

傻瓜不只我一個

當時《善耕台灣》團隊也訪問到了我的妻子雪芳，問她面對這樣龐大的經濟壓力，都是怎麼算、怎麼處理的？

「我不敢精算所有花費。算了，就沒有辦法做事情了。」

她信任我，信任這塊土地與這塊土地上的

人。有些事情，我們必須即時把握去做。我必須不斷努力的記錄，因爲我擔心……如果有一天，這些美好的地方消失了，那該怎麼辦？

我一直非常感謝雪芳，像我這樣的傻瓜，也要有同樣的傻氣支持才能走下去。

另外還有一群傻瓜，知道我要做美力台灣以後，便默默號召彼此，集資了一筆捐款，他們是我當兵認識的一群學長。儘管我再三推辭，但他們自謙，自己都是這個社會的一份子，也想回饋做一些善舉。

或許比起外頭的大企業，他們都只是堅守崗位的小小螺絲釘，但對我來說，他們都是每一刻認眞在自己崗位上付出的眞男人。

他們說，自己是美力台灣的志工爸爸團，還組了一個群組，叫做「雅美蝶」。

熱血無敵的雅美蝶學長團

男人的友情

某個夏天晚上，我還沒走進熱炒店，在門外就聽到一群男人們用力吆喝而充滿活力的聲音。

「教主（陳弘良），你看一下上次社長志宏跟我們登山的照片。」這是春哥（陳福春）的聲音，我可以想像，他應該正拿起平板跟其他人分享登山團的照片，一旁傳來我的直屬學長藕哥豪邁爽朗的笑聲，超有辨識度。

我走進店家，他們響起如雷的掌聲。

「恭喜曲導獲得國際3D大獎！」春哥拿起酒杯站起來，於是我們你一口、我一口，痛快地喝了起來。他們是美力台灣的志工爸爸團，來自陸軍總部示範樂隊與開南樂隊。基隆商工畢業以後，我因為不愛讀書，所以選擇提早入伍當兵，加入了陸軍樂隊。藕哥大我三梯，也是我的直屬學長，我們樂隊每年的重頭戲就是在國慶大典表演，當時人稱「教主」的班長非常嚴厲，但都是為了同樣的目標努力，因此讓我們產生了革命情感，這就是所謂男人的友情吧。

某次聚會，教主剛好邀了來自開南樂隊的

春哥，同是樂隊的我們一見如故。於是之後春哥也開始邀我參加他們的聚會，因此結識了郝哥、食品協會的泰哥（周福泰）與代書建霖等人。他們還組了一個雅美蝶登山團與雅美蝶攝影團，一起登山運動，尋找美景。一起分享攝影作品，切磋攝影技術。在那裡，他們非常注重學長與學弟間的倫理關係，不分社會的成就高低，彼此眞誠以待，讓我感受到許多珍貴的情感。

平常在工作上，都是我在號令整個團隊做事，而且因爲求好心切，在工作時非常嚴肅，個性又剛烈，所以在拍攝期間，如果沒有我的指令，整個團隊的人連動也不敢動一下。但在學長團裡，我的梯次很小，所以有時候他們會開玩笑請我去買菸、買檳榔。說眞的，

這樣的經驗我還蠻自在享受的，與他們互動總讓我格外放鬆。那天晚上酒酣耳熱之際，幾位學長突然正襟危坐地告訴我：「我們已經工作到一個年紀了，對生活已經漸漸失去對物質的追求了，只圖一個理想。每次大家相聚都很愉快，也很珍惜這樣的坦誠相見、把酒言歡。所以你要拍電影或3D什麼的，我們可能不懂。但只要是你的計畫，我們都要貢獻一點力量，支持你繼續走下去！」

在我處境最窘迫之際，學長團的援手溫暖了我。這幾個大男人的鐵漢柔情給我最即時的鼓舞，他們說自己是我的鐵粉團。未來也許還有更多困難，但我會永遠記得這一刻的溫情，珍惜著眼前的每一位朋友，我知道我不孤單。

8 陪伴，在教育之前

教育工作者的難爲

常在新聞裡聽聞偏鄉學校鬧教師荒。報導裡提到，離家遠、錢少、事多是最主要的原因。尤其是鐘點教師，常常經過五次以上的公開徵求，卻仍找不到一位願意應試的老師。這些新聞以往對我來說都是平面的描述，沒想到在下鄉巡演後，我眞實看到了教育現場的難爲。

映演完後，常常會有熱情的校長老師找我們聊天。我記得有一次，「現在的環境有時對教育者不是那麼的尊重與友善，我們眞的

累了。」突然冒出的一句話讓在場的老師都沉默了。後來他們娓娓道出第一線工作的辛酸，原來他們要承受的壓力除了教學現場之外，也要面對來自家長的檢視。

有時正向思考是藉由討論與互助合作創造三贏局面，但有時也因爲教學理念的不同，很容易就成爲被訴諸媒體或控告的主角，這往往會讓他們對踏入教育的初心產生懷疑。

不過他們最後還是笑著說，還是會一直記得當初的熱忱，因爲只要看著孩子的笑容，就會有動力，也會想起當初自己爲什麼選擇了教育，我們要繼續陪伴這些天眞的笑容走下去。

這些話，悄悄留在我的心裡，也不斷在這趟旅程中印證著。

陪伴，教育的第一個關鍵字

除了學校，我們也下鄉演出，第一場我們來到位於台灣心臟的南投縣名間鄉，這次映演的場地選在廟前，這是很難得的經驗，雖說是香火鼎盛的廟，但附近卻沒想像中熱鬧，周圍全是農田，最近的便利商店還有十多公里遠。一想到偏鄉電影院的夢想正式展開，我們五人團隊各自將3D眼鏡擺放在神壇的桌上，邀請祂們一同來參與3D電影的播映，祈求連日的雨天能夠放晴，也祈求這趟3D車之旅能夠平安走下去。

說也奇怪，祈求完雨勢便漸漸趨緩，光線緩緩地透出雲層，隨即陽光露臉。接著我們聽到里長騎著他的野狼一二五回到辦公室廣播，邀請當地的民眾與孩子一同來參與，這一切就要成眞了！

不過那天正巧大人都在田裡忙著農事，於是我們看著這些赤著腳丫的孩子帶著平板電腦，幾乎人手一機，跑著來到我們的車前，等著看3D電影首播。

「哇！超帥的！是變形金剛耶！」孩子看到3D車後天眞的反應，讓我們的嘴角也不自覺地上揚。

但一坐到位置上後，我卻發現他們「很懂得把握時間」，一坐下就立刻拿起手上的平板電腦，打開遊戲來對打，玩得不亦樂乎。

「咦？他們不是偏鄉嗎？怎麼幾乎人人手上都有平板？」我們的心裡開始產生這樣的疑惑。後來才知道，原來農事忙碌時，大人

多半無法照顧到孩子，所以只好讓平板電腦成爲臨時保母，這是無可奈何下的妥協。

「小朋友，來看3D電影啦。偶們透早就從台北開車下來給你們看，要認眞看啦。電動遊戲又不會跑掉，你們玩多了會近視眼揑，啊偶們跑這麼大老遠，等下要認眞看啦。」吉馬最先按捺不住，連忙提醒孩子不要一直玩著電玩。

吉馬的心意雖好，但這些孩子都只是抬頭看了一下這位老先生，隨即又繼續沉浸在電玩世界裡。這讓吉馬非常受挫，他抓了抓頭，自討沒趣地拿起毛巾，不斷擦拭著3D車身，不時往我這邊看，眼裡滿是委曲。

「來！小朋友，看一下我手上這張3D卡！」我舉起一張3D卡片說，只見孩子抬頭看到以後，七嘴八舌地說：「沒看過耶！怎麼做的啊？」「好酷喔、裡面的東西會動耶！」眼看已經引起他們的興趣，我趕緊接著說：「小朋友，你們等一下要認眞看3D電影裡面的內容，演完我會做有獎徵答喔！」

他們一聽紛紛把手上的平板放下，拿著我發下的3D眼鏡，嘴巴張著大大的，看著這個很像是太陽眼鏡的3D眼鏡。

「叔叔，怎麼戴上3D眼鏡以後，看到的東西都變暗了啊？」他們對這個3D眼鏡很是好奇，於是我開始解釋給他們聽。「你們看，沒戴眼鏡看3D影片是不是很模糊，而且還有分岔的畫面？這個眼鏡是3D偏光眼鏡，讓你分別看到左、右眼的畫面，然後裡面的東西就會變得立體。等下你們看到蝴蝶跑出來的

時候，我們比賽用手去抓，看誰抓得比較多！」

「騙人，蝴蝶怎麼可能從螢幕裡跑出來嘛！」哈，任何地方都會有一、兩個喜歡唱反調的孩子，但往往影片開始播映後，那個唱反調的孩子都是第一個從椅子上彈起來，想要跑到前面去抓蝴蝶的人。

我看著他們不絕於耳的「哇！」「好漂亮喔！」的震撼與讚美，而且手不斷往前抓，似乎想跟那些立體畫面有進一步的接觸。就這樣，孩子透過3D立體視覺空間，清楚看見了廟宇斑駁的雕刻，參與了紫斑蝶在茂林中的翩翩飛舞，也跟著在台南四草穿梭綠色隧道，還與魚群一同徜徉在珊瑚礁中，甚至還親臨現場般地看著師傅打鐵、煉鋼，許多孩

子看到這幕都會不自覺地左閃右躲，想要躲開打鐵噴出的火花，還一邊忍不住讚嘆：「他好厲害啊！」

一次次看著這樣的反應，我想，我似乎懂得「陪伴」兩個字了。

散播夢想的種子

有人說3D只是個噱頭，但我一直覺得，3D不只是表現方式，它更可以表現生命，透過3D讓觀眾眞實融入平日鮮少接觸的風景與文化。身歷其境，才能眞實感受並形成同理心，然後把夢想傳遞下去。

在美力台灣準備開跑時，小良（盧盈良導演）跑來我的公司告訴我，他希望能夠在旁側記我的故事，以及這個活動。

「那你的工作怎麼辦？你的家計、生活、貸款呢？」我看著自己的徒弟，不禁爲他感到擔憂。

「曲導，一個人能有幾次追求夢想的機會？我只有現在啊！」小良看著我，將他原本就炯炯有神的雙眼睜得更大了。我在他眼裡看到充滿自信的光芒，不禁想起他剛到攝影棚的模樣，一切好像是昨天才發生的……

那時小良才剛從高中畢業。獨自從嘉義北上，行囊沒帶多少，就憑著一股勇氣，一頭栽進這個行業。我看著初生之犢的他，好像看到自己剛進這個行業的影子。但不同的是，小良的個頭小，在充滿草莽性格的片場工作人員裡，顯得格外缺乏自信，甚至有些自卑，但或許也因爲如此，他看東西的角度不僅細膩，更像個對社會滿懷熱情的大男孩，想找出這個世界的良善與光明面。

小良從顧棚、助理開始做起。年少的他曾經爲了買便當而騎車摔斷手，但很快地，熱情又願意學習的他升爲我的副導，甚至在重回學校進修以後，小良成爲了「盧導演」，打開紀錄片生涯的一片天。

以前我看著小良，總是將他當作自己的弟弟般照顧。看到小良變成盧導，在事業上也慢慢有了自己的成就，我非常爲他高興。沒想到正當他在事業上小有名氣，許多業主紛紛指名盧導接案子的時候。他竟然因爲看到我即將展開的美力台灣計畫，二話不說，立即拋下手上所有的工作，跑到我的公司來。

「是曲導帶著我進入這個行業，熟悉這條道路的。」看著小良語氣堅定地說著，讓我難以推辭他的滿腔熱血。

我不知道他會拍到什麼？但在這十幾年間，小良與我見證了彼此的變化與成長。這段一起參與的經歷，相信讓他比別人更適合記錄下我即將做的事。透過他的鏡頭，我相信我與美力台灣的故事會更有溫度。

然而在活動起跑前，小良還是忍不住地問我：「曲導，孩子看得懂紀錄片嗎？」這個問題不只小良好奇，文豪也問過我：「導演，爲什麼您不用以前拍過的劇情片《小丑魚》來放映呢？」但當他們經歷了放映現場後，我相信這些問題都得到了最好的解答。

其實，我們都太常用大人的觀點，去想「孩

子怎麼看得懂這些東西？」但是這些框架，其實會讓自己與孩子都受限。

每次放映活動都會分成三個部分：導讀、觀看3D影片、有獎徵答。我希望在3D車到達以前，老師能結合教育端的知識爲孩子做觀影前導讀，然後再來觀賞電影。看完影片後，再透過有獎徵答讓孩子加強環境保育的印象。譬如詢問台灣現有的百工技藝或是如何保育環境等，透過這一串的配套與活動，我相信孩子得到的不僅是看場電影那麼簡單，他們可能透過3D對環境更有愛，也可能因爲百工技藝的呈現讓他們對未來有了夢想。

我希望透過3D車巡演，把愛、歡笑、夢想送進各個偏鄉與角落。

無奈與感動

透過小良記錄美力台灣的過程，讓我有了更多感觸。因爲美力台灣巡演通常只是一個半天的活動，活動結束，就要繼續往下個點跑，沒有機會再深入了解這些觀影的孩子與背後的故事。

但藉著小良的記錄，可以深入看見那些位於台灣各個角落的故事與偏鄉家庭所遭遇的問題。比如有次在我們到苗栗山上的泰安國小映演前，小良就先到其中一個孩子的家庭裡去做探訪。

小良探訪的那個家庭，三個孩子都還在讀小學，因爲父母離婚而且工作不穩定，所以孩子就放給阿嬤一手帶大。阿嬤的眼睛看不太清楚，只好領著低收入戶的補助過活，雖然平常也會在外頭做做資源回收，但賺取的金錢很微薄，生活過得非常辛苦。阿嬤坦言，她好幾次想帶著三個孩子一走了之，但看到孩子單純的笑容，以及想要上學的渴望，說什麼也得把他們給帶大。

在美力台灣剛開始進行的時候，我曾經跟妻子商量，想要在每所學校認養一個孩子，給予他們幫助。可是隨著我們眞正進入偏鄉，才發現有太多家庭處於弱勢，很多孩子都有隔代教養、外配或單親家庭的問題，也有許多家長很難負擔整戶的家計，甚至只是臨時工，沒有穩定的收入。這樣的狀況直接影響了孩子。因此這些孩子很少可以念到高中、大學畢業，通常國中畢業就直接去工作，連老師也都感到惋惜，但愛莫能助，讓人感到非常無奈。

但爲孩子高興的是，我們也看見許多偏鄉老師對孩子的無私付出。有個校長在下課後帶著十幾個家境特殊的孩子寫作業、教他們數學。

孩子們叫他「爹地」，然後追問著各式各樣天真的問題：「爹地，爲什麼二乘二等於四？」「爹地，社會課本上說家庭的基本架構有我還有爸爸跟媽媽。可是我怎麼都沒看過他們？」「爹地，我以後也跟你一樣當校長好不好？我可以繼續教人家寫功課。」我原本是準備好3D電影的設備要請他們出來看，卻意外聽到這些對話，實在讓人不捨，對我來說，這只是一時的衝擊，但對校長來說，應該是每天的煎熬與辛酸吧！

孩子送我的禮物

有些校長與老師在播映完畢後，會帶著孩子做卡片寄回給我們。當我看到這些孩子的童言童語爲「美力台灣」打氣，都有說不完的感動。但也有些卡片的內容讓我莞爾：

「導演叔叔，聽說你生病了。要好好在床上休養，不要亂跑、亂動。」

「曲叔叔，你不是死掉了？」

「哇，叔叔你要乖乖健康。老帥（師）說，你的腦ㄌㄧㄡˊ（瘤）好像跟我弟弟的頭一樣大，我會聽老帥（師）的話用功。」

有位校長告訴孩子：「沒有誰應該爲誰做什麼事情，所以我們要懂得感恩、懂得回饋。我們要努力學習，不能因爲自己的出身而自卑，等到有天有能力的時候，也要爲台灣的土地作一些付出。」說完以後，便邀請孩子寫下他們對於未來的願望。

結果有個二年級的孩子說，他希望自己能當3D車的司機，像吉馬一樣。吉馬聽了就把他抱到副駕駛座上，讓他參與乘坐3D車的感覺。沒想到孩子下來以後，邊說謝謝邊抱住了吉馬，這一個舉動讓我們都愣住了。

「吉馬叔叔，我希望也可以跟你一樣做司機，帶快樂給人家。」然後轉身跑回教室，拿出他的聯絡簿給我們每個人簽名。

輪到吉馬簽名的時候，我好像從沒見過吉馬這樣燦爛地笑著，在他皺紋密布的眼角，似乎可以見到有淚水在打轉。吉馬語帶哽咽地對孩子說：「你要好好念書，不然跟偶一樣寫字不好看。」吉馬從劇組最不起眼的場

務，變成現在的3D車車長，環遊台灣各地。雖然他總說自己是小人物，但其實他已爲這個社會做太多事。

「導演，我想當攝影師，可以教我拍照嗎？」對這個孩子來說，擁有一部相機是最大的夢想，他說他好喜歡看照片，希望有天可以拍下學校裡的一切。於是我將手上的照相機拿給他，教他如何取景、如何按下快門。刷——刷——他一連拍了兩張，裡面是班上同學手舞足蹈的樣子，他燦爛地笑了。

後來，我把這兩張相片沖洗了出來，大大的兩張，可以掛在牆上的那種尺寸。再請攝影組幫我帶上山送給這個孩子。我希望他記得，這是他人生的第一個攝影作品。

9 鄉間最暖的人情味

帶著善心雷達向前走

美力台灣就像一顆善心雷達，讓我們沿路遇見善心的人，以及有著正面能量的故事。

有幾次我們3D車開著，後面就跟著棉花糖車與書車。開著棉花糖車的是位致力讓嘉義「萬國戲院」復活的江明赫先生，他是一位職業軍人，總在假日的時候到處奔走，就是爲了讓這間距離大林火車站僅五百公尺的老戲院重獲新生，成爲鎭上的藝文基地。而開著書車的是愛鄰協會的洪敦明先生，帶著孩子讀書，並且讓他們透過閱讀認識世界。

後期的巡演我漸漸放手讓團隊去跑，文豪告訴我，幾次我們的3D電影車開到學校裡的時候，隨之而來的棉花糖車、書車，甚至還有劇團加入，就好像是一場歡樂的園遊會。我認爲，這不只是嘉年華會，更是一種善的群聚，藉著對偏鄉教育的熱忱，讓我們緊緊連結在一起。

在鄉間，我們感受到許多溫暖的人情味。有次3D車在田間小路拋錨，當時正是日正當中，而且還是氣溫屢創新高的炎夏。打電話詢問拖吊場，卻正值午休時間無法支援，而

且就算要來，因爲3D車在偏遠鄉間，所以還需要等上好幾個小時。

於是小寶帶著吉馬、傑克、文豪一起下來推車，但三點五噸車的輪胎卡在泥沼裡，實在不是三、四個人就可以推得動的，小寶帶著大家喊著「1、2、3，1、2、3！」但車子卻文風未動。他們擔心下午場的時間會被耽誤，一想到孩子失望的表情，更是萬分焦急。

這時一位打赤膊的阿伯騎著機車經過。小寶他們趕緊向阿伯揮手求救，但是阿伯卻視若無睹，沒有停下來。

失望的四個人癱坐在地上，揮汗如雨，每個都晒得像關公一樣，不知道該如何是好。

沒想到幾分鐘後，剛才騎車經過的阿伯竟然

回來了，而且他還找來好幾個人來，有男有女，一起幫忙把車子推出泥沼。正在推的時候，剛好有一部新竹物流的車經過，司機先生知道美力台灣這項活動，也跟著下來幫我們一起推車，還好心告訴我們最近的修車廠位置。

看著身邊推車的人越聚越多，就這麼一路推到車廠，所有人早已汗流浹背，但還是開心地歡呼，接著說了幾句加油打氣的話，就各自回去各自的工作，彷彿就像是鄰居家人隨手幫忙那樣自然，毫不居功。只剩下那位打赤膊的阿伯嚼著檳榔，大聲呼叫裡頭的黑手出來幫忙。

「大哥，等一下啦！吃飯皇帝大，我手邊還有很多車要處理，你也要按順序來啊！」

一位全身沾滿黑油的師傅走了出來，嘴裡塞滿食物，右手還抓著一隻炸雞腿。

阿伯說：「這部車不同款啦，這是要到學校搬電影給囝仔看ㄟ，拜託你卡緊處理啦！」然後就帥氣地騎車離開了，後來直到播映時，也都沒再遇過那位打赤膊的阿伯。

後來小寶說，當時的吉馬看起來好像突然蒼老了十幾歲，整個被「嚇呆」了。因爲對吉馬來說，這已經不是「保不保得住飯碗」的問題，而是這個活動會不會因此跑不下去，他是否會失去這個讓他重拾自信，快樂投入的工作。想著想著，他突然用力地用拳頭捶牆，血流如注。「靠X！都是偶的問題！導演把這個車子交給偶，偶要怎麼跟他交代。」吉馬非常自責。

我接到吉馬電話通知3D車出了問題以後，腦袋也是一片空白，因爲這部3D車是我抵押所有的資產外，還在銀行借了好大一筆負債換來的，更何況……這個活動才剛開始沒多久，萬一因此夭折了怎麼辦……種種負面的想法排山倒海而來。

腦海裡轉了千百個念頭，嘴裡說的第一句話卻是：「吉馬，你有沒有受傷？」我告訴自己，不論任何物質或財產都絕對比不上人身安全。更何況，遇到問題，解決就好了。

「嗄？」吉馬被我這麼一問似乎嚇到了。他後來跟我說，他以爲我會破口大罵，但沒想到我竟是關心他，讓他感受到，過去在劇組裡受到的歧視或指責眞的過去了。這個活動讓他重新找到尊嚴。也因爲這樣的關懷，所以他會不計一切地努力跑下去。

「吉馬，你先別慌！遇到問題解決就是了，你把電話拿給小寶。」我聽得出來電話裡的他已經緊張到有點胡言亂語，所以只好請小寶先將事情經過一五一十告訴我，然後我再請他跟當初做車的師傅阿賓電話連線，讓最了解這部車子的阿賓跟當地修車師傅溝通，討論如何解決問題。

當地的修車師傅剛剛聽到阿伯的話後，馬上就把吃到一半的雞腿放回碗裡，然後回到房間拿出他的「傢伙」出來——準備修車。

「阿明啊，啊你用了這臺，其他下午要做的來得及嗎？」師傅的老婆很緊張地跑了出來，試圖要勸阻他。

「啊妳沒看到這臺車是跑公益的嗎？他們

下午還要跑耶。我要趕快幫他們弄好，不然囝仔會金失望啦！」他說完後就叫吉馬他們先去吃飯，半小時後再回來看看。

但這個時候大家都如坐針氈，即便再口乾舌燥或飢腸轆轆，怎麼還吃喝得下呢？雖然吉馬的情緒在跟我通過電話後緩和許多，但還是抖著手，不斷抽著一根又一根的菸。

這一個小時好漫長。終於，他們看著師傅滿身大汗地從車底爬出，拿起鑰匙，一轉，車子竟然再次發動了！

發動的引擎聲就像蓋希文的〈藍色狂想曲〉前奏，單簧管的顫音接著十七個圓滑音音階，讓人從沮喪憂鬱的心情到重抱希望。師傅只酌收了一點工本費，然後不忘提醒：「欸，你們要繼續認眞跑下去，才不會讓我白了工。」接著仔細地跟吉馬交代需要注意及保養的部分。

巡演團隊身上有的只有孩子最愛的3D卡片與海報。他們馬上準備了一套卡片和海報送給師傅一家人，師傅收到笑開懷，一邊說：「啊你們看，爲了弄這臺車，我今天加班都不知道做不做得完這些車了。啊你們以後如果有寫故事的話，不要忘了我喔。」

這句話，我們記在心裡了。

這群可愛的人，不計較付出是否有回報。打赤膊的阿伯、沿路幫忙推車的人，還有修車師傅。他們沒有煽情的語言，但卻讓我們感受台灣實實在在的人情味。

美力台灣3D行動電影院，繼續上路。

10 重新定義「眞、善、美、悅」

美力台灣志工媽媽團

就像之前說的，美力台灣是一顆善心的雷達，讓我們一路遇見善心的人。這群志工媽媽尤其讓我們印象深刻，每次到訪雲林或台南，我們團隊就會像朋友一樣，跟她們相約聚會，也會一起到育幼院或偏鄉小學映演。二〇一四年，美力台灣到離島蘭嶼播映3D電影。志工媽媽們用愛心將虎尾特產的毛巾做成一個個娃娃，讓我們把溫暖帶過去。

與這群志工媽媽熟識是因爲雅慧，她原本是個藥師，現在則是個再平凡不過的家庭主婦。有天她用臉書敲我，告訴我她在電視上看到美力台灣與我的故事，非常感動、也非常有共鳴，所以希望能跟我一起爲這塊土地做一點事情。

她與一群朋友組成「志工媽媽團」，在雲林有雅慧與姿涵、延琴、幸枝、采玲、玉純等人，在台南則有宜靜、王Boss、瓊玉、瓊瑱、瓊慧三姊妹，以及寶節、素精等人。那次3D車到雲林映演時，就有好幾位志工媽媽來到褒忠國小與我們初次相會。她們之前看到我們臉書上說，團隊裡有人上山暈車、有人感冒、有人中暑，因此準備了一個「掛藥包」給我們，讓我們在外頭映演時，即便一時半刻沒有醫生處理，也能夠先自救。

什麼是「掛藥包」呢？過去鄉下交通不方便，醫療資源匱乏，掛藥包扮演著家庭醫師的角色，盡可能地將常用藥品先準備好，包含外傷、風寒等藥。這讓長時間出門在外的團隊倍感溫暖，感受到如家人般的親切關懷。到現在王 Boss 還是會經常詢問藥夠不夠，持續關心著我們。

映演時，志工媽媽特別準備了豐富的水果，讓三餐老是在外的團隊能夠補充纖維質，也曾爲我們準備了舞蹈演出，還用一張張大卡片寫上祝福，送給團隊裡的每一個人。這些都讓我們感受到這群志工媽媽溫暖又陽光的特質，總是帶給我們歡笑。

但直到有天，我才知道雅慧的故事。原來平日總是笑臉迎人，充滿陽光的雅慧，內心也曾有著深深的創傷。她跟我說，她有兩個孩子，個性完全不同。姊姊在外頭給人的感覺是聰明、乖巧、人見人愛的。但弟弟卻是個頑皮到不行的孩子，常會控制不了自己情緒而傷害別人，後來弟弟在中班時被診斷出，原來他是個注意力不集中的過動孩子。未來不論說話、寫字都要靠復健……

這些話現在說來輕鬆，但過程卻是心如刀割，因爲他的手部功能比同齡孩子發育整整晚了八個月，所以他念一年級的時候，程度還停留在中班。

他的成長一直被戴著有色眼鏡檢視，常

被人嘲笑是笨蛋，甚至有更多不堪入耳的字眼。除了心疼之外，雅慧也曾問過醫生，是否可能等到八歲再念一年級？但醫生搖搖頭，因爲弟弟的智商正常，唯一的方法就是加強他手部力量的訓練，並且不斷復健。

因此，他每天都必須不斷用手爬跑步機、爬繩網、撐手等，聽著孩子的哭喊聲，雅慧深知復健的辛酸與疼痛。但即便再捨不得，身爲媽媽也只能擦著眼淚繼續陪伴，並等待著奇蹟出現。

復健每週五天，兩年來不曾間斷。雖然弟弟總算是有了很大的進步，但面對外人總是將他與姊姊比較，心中還是不免有些怨懟。

聽完雅慧這些話，讓我心中彷彿壓著一塊大石頭，沉重不堪。但她說，幸好她在點燈

看到我分享自己面臨死亡關卡的人生故事，因此有了共鳴，也讓她更有勇氣面對這些。於是她發願要找些志工媽媽一起來爲這塊土地做事，並且關懷偏鄉。因爲有許多孩子可以到處旅行，但偏鄉的孩子卻可能一輩子都未曾離開過家鄉，希望這部3D行動電影車可以帶著他們實現願望。正因爲這樣的緣分與認同，由雅慧發起的志工媽媽團一路不斷給予美力台灣最溫暖的支持與相挺。

在活動剛開始的時候，美力台灣雖然已透過政府漸漸進入學校，但育幼院對我們還不熟悉，許多單位因爲擔心孩子受到傷害，所以對活動大多持保留態度，不願開放接受。

於是這幾位志工媽媽就自行分組，親自一家一家地拜訪育幼院及老人院，仔細說明活動緣由與進行的方式。甚至還用心準備了文具包送給育幼院的每個孩子，鼓勵他們在看完3D電影後可以表達自己的感受，然後勇敢去愛，勇敢做夢。對偏鄉的孩子我們不該只有同情，而是引導、陪伴。

這也讓我重新找到「眞善美」的定義，並且可以再發展出「悅」。每個人如果可以「眞」誠相待，並用「善」念正面的方向思考，就會發現許多「美」的人事物，進而產生「悅」的心態。只要轉念，喜悅就是一種正面能量，也能夠翻轉社會許多負面情緒。

美力台灣志工老師團

我們一路走來，從學長團的志工爸爸，到

雅慧等志工媽媽，後來還遇見一群自發組成的美力台灣志工老師團。他們的共同點就是對教育充滿熱情，多小多遠的學校，他們都願意前往任教。在那些偏鄉學校裡，總會遇見那樣的教育工作者，讓我們感受「老師」不只是一個職業，而是一項志業。

這些偏鄉老師除了課業之外，還會時時關注學生家庭的狀況。因爲這些狀況極有可能就是造就他們無心學習、輟學，甚至翹家的主要原因。因爲許多孩子的家長爲了家中三餐就已經自顧不暇，怎麼可能有多餘的心思顧及孩子的課業，或是在校的人際狀況。久而久之，這些孩子們可能會漸漸被邊緣化，甚至對自己失去信心，最後甚至可能受到外界的不當誘惑而產生偏差行爲。

有次，我們到苗栗的學校播映美力台灣，那位校長跟我說，他是一位「不ㄕㄢ不ㄕˋ」的校長。我嚇了一跳，心想自己可能聽錯了吧。隔天到了另一所學校，又遇見一位說自己「不ㄕㄢ不ㄕˋ」的校長。於是我終於鼓起勇氣一問究竟。

「我是說『不山不市』。因爲我們不是那種會有資源補助的地方（不山），但也不是有預算購買設備的市區學校（不市）。」校長看著恍然大悟的我，持續補充：「這幾年來，有好幾次我看著公家單位載著3C產品和圖書，開到我們山上的那幾間小學。卻只能眼巴巴地看著他們經過，只因我們介於都市和偏鄉的中間，學生也只有七、八十個，經常被外界忽略。」他好像找到訴苦的對象，接著訴說接任校長後所遇到的重重困難。

「不過不管如何，最重要的還是我進入教育界的初衷。現實環境無法改變，但我至少可以要求自己，多救一個孩子，就多解決一個未來可能發生的社會問題。」他最後還是這樣樂觀地說著。

如果不是因爲美力台灣，我想我這一輩子都不會到這些地方、看見這些事、遇見這些人。這些人事物成了我堅持的最大動力，我能做的很有限，只能告訴自己，既然做了，就想辦法讓這活動持續下去。像校長說的，多救一個孩子，就多解決一個未來的問題。而我，多讓一個人看見台灣的美，就讓台灣多一分希望。

11 與校長的十八分鐘演講

一開始，我心中有愧

美力台灣跑了教育部所給的 DOC 名單裡一半的點之後，透過教育界的口耳相傳，美力台灣已經小有名氣了，主動申請的學校從原先的十間，幾天內就增加到五十多間，而且還在不斷增加中。

這時，教育部資科司的雅芬科長與雅婷邀請我去做一場演講，對象是全國校長。當我接到這樣的邀請時，立刻回絕了。因爲我自小就不愛讀書，甚至還是許多老師心中的頭痛人物，學歷也只有高職畢業，怎麼可能站在一群校長面前演講呢？越想越心虛。

但雅芬與雅婷非常堅持，一再說服我，期盼我能夠以美力台灣爲例，讓長期處於教育界的校長們感受到不同面向的刺激。

「再讓我想一下吧。」眼前我只能先如此推拖。在他們離開以後，文豪相當訝異地問我：「導演，爲什麼你要拒絕呢？能對全國校長演講，聽起來就是一件很了不起的事啊！」但對我這個過去沒有好好念書，學歷也不高的人來說，內心還是很心虛慚愧的。

就在我猶豫的那幾天裡，我突然想到幾年

前，有次在路上遇到以前的高中英文老師，當時她非常年輕，經驗還有點生嫩。而我年少輕狂，到學校最開心的就是跟同學聚在一起，所以常常胡鬧，甚至做過炸藥、在班上起鬨說要罷課，讓老師才一開學就哭著回家。

在人潮鼎沸的路上，她一眼就認出我了：「曲全立！沒想到你變這麼成熟了。」原來她之前就在電視節目裡看到我，想不到我竟然已經變成導演，還經歷了這麼曲折的人生，讓她很難相信這就是當時那個令

她頭痛的問題學生。

「老師，對不起。當時真的非常不成熟。」這句話在我心裡很久了，想不到可以有機會當面告訴老師。她什麼也沒說，緊緊把我抱住。

現在回想，當初哪怕我多麼叛逆，她還是沒有放棄，我始終記得她用愛畫下的底線——那天，她聲淚俱下，告訴我們就算不喜歡讀書，至少也要跟著她學一點東西，未來才不會無法謀生，那一幕讓我印象深刻，始終歷歷在目。

於是當晚我就發訊息給文豪，請他轉告雅芬與雅婷，我改變心

意了。我希望藉著「美力台灣」，帶著無比謙卑的心，將我所見所聞分享給校長們，希望帶來一些想法與回饋。

我演講的地點在成功大學，當天會場內坐滿了來自各地的校長，與我一起演講的有《天下雜誌》的總監、成大醫院團隊，而我帶來的主題則是「3D美力台灣——創新科技藝術的實踐」。

曾經有過多次演講經驗的我，那天竟然格外緊張，因爲我從沒想過，曾是問題學生的我，會有這樣的一天。

最重要還是陪伴

在演講中，我藉著美力台灣巡演時經歷的

故事，再次強調陪伴的重要。

二○一五年暑假，美力台灣除了3D電影之外，也帶著一些育幼院的孩子參與「圓夢計畫」活動。我們找到幾位大學生和我們一起到育幼院，帶著育幼院的孩子了解3D電影的原理、帶著他們認識台灣，以及挖掘每個孩子的夢想，我們用圖畫、溝通，引領這些孩子們一起思考，要怎麼做才能實踐夢想。

這只是一個小小的活動，但隨著3D電影車前進偏鄉，我們發現關心弱勢孩子的不只有我們。我們在偏鄉看到許多老師、甚至主任或校長，在下課後自掏腰包買晚餐，陪孩子寫功課，或帶他們閱讀課外讀物，因爲這些孩子的父親可能晚上還在工作，或是因爲隔代與單親，讓他們無法享受家庭的充分照顧。

如果每個老師都能帶個兩、三位孩子。不只是「看」著，而是「陪」著他們長大，那小小的力量也會有大大的改變。

有次，美力台灣要到阿里山中小學。光是上山，我們就開了將近三個鐘頭的路，沿途經過迷霧和險峻的峭壁。因爲連日下雨道路坍塌，所以還得繞過修路的警示牌。並且小心閃避坍方的落石滾滾而下，沿路行車稀少，只見我們的3D車踽踽獨行。

只爲了去一間原先「不存在的小學」。

不存在的小學

這間小學聚集的孩子來自阿里山鄉、梅山鄉、竹崎鄉等地區。以前這裡沒有學校，爲

了求學，過去有許多人必須離鄉背井，或是花費很長的時間往來，交通狀況更要看老天決定，因此常常有課業進度跟不上一般小學的狀況。

經過當地居民與教育者奮力爭取後，好不容易才在樂野山區成立了阿里山中小學。即便沿途顛簸，我們還是穿破迷霧，抵達這所原先不存在，如今得來不易的學校。一群正在玩球的孩子看到3D車開進學校，紛紛帶著興奮的笑容跑了過來，然後此起彼落地討論著3D電影車：

「哇！好酷的車子喔，他是變形金剛嗎？」

「太誇張了！車子怎麼可能看3D電影嘛？」

「你們都錯了，我覺得這臺車子應該會飛

喔！」

聽著孩子天眞無邪的討論，我們一路的疲勞也奇蹟般瞬間消失。隨著老師的口令：「注意！趕快拿好椅子就定位！等一下3D車會帶我們到台灣各地旅行喔！」所有的孩子紛紛準備就緒。

觀影前，我問了旁邊的幾個孩子，最想去什麼地方呢？

他們竟異口同聲地說：「家樂福！」我聽了差點昏倒。追問他們爲什麼是家樂福？他們說，因爲沒去過大賣場，聽人家說，裡面什麼東西都有，有玩也有吃的，所以好想去。

主持人漢典趕忙提醒孩子：「請大家都要認眞看喔！我們來放好看的3D電影，看完還會有獎徵答，會送最酷、最炫的3D明信片

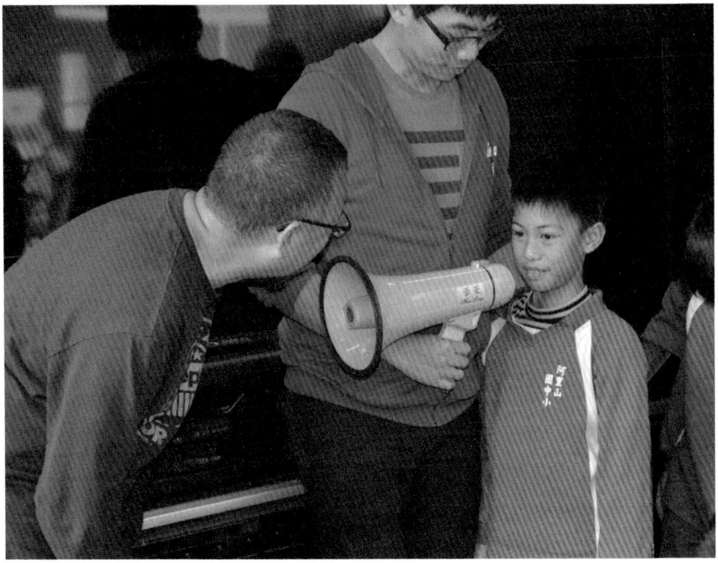

喔！」孩子們聽到又是一陣歡呼。

看著孩子們這麼愉悅，我的心裡卻有一點酸酸的苦澀……我沒想到城鄉差距有這麼大，我們習以爲常的大賣場，卻是這些孩子們的夢想。3D電影對平地城鎮的孩子已經不是很稀奇的事，但對偏鄉山區的孩子卻有如過年般的難得。這讓我更加堅定自己正在做對的事。

我還分享了活動過程中遇到的各種志工，以及沿路給予我們幫助的人。演講最後，我誠摯地邀請這些校長們，請牢記第一天踏入教育界的感受，好的教育理念就不要輕易放棄。演講結束，成大校長起立帶頭鼓掌，我看見臺下的校長們，每位都是抬頭挺胸、眼神發光。

12 爲了孩子，啥咪都甘願

災後重生的學校

九二一地震與八八風災摧毀了相當多的家庭與學校，我們到訪的許多學校都是經過災後重建的。像南投的內湖國小就是，當天我們穿過廣興市區，遠遠就看見山上有許多木式建築，散發著濃濃的日式風情，這就是內湖國小的新校舍。內湖國小在九二一地震的餘震造成校舍嚴重毀損，讓一九五六年創立的舊校舍被迫搬遷，而這間全國第一所綠色建築指標的森林小學，也是九二一後，最後一所完成重建的學校。

有些老師仍對當時的震災餘悸猶存，而孩子們卻對這場地震很陌生，因爲當時他們根本還沒出生。但透過學校的教育，或許可以讓孩子對大自然更多了一份敬畏之心。

不論震災或風災，都在我們的土地上留下一道道歷歷在目的傷痕，提醒我們更珍惜這片屬於我們的土地。

颱風來了，我們又會淹水了嗎？

每當遇到颱風來時，山上的學童總是會這樣天眞地問著：「颱風來了，我們又會淹水了嗎？」

即便大人心中也掛滿沉重的憂愁，擔心著農作物採收、菜價的飛漲，或甚至可能危及自家安危，但多半還是樂觀地告訴孩子：「乖，你們認眞念書，不要擔心。」擔心也沒有用，就交給上天吧，這或許就是山上人家的宿命。

有次，我們到了南投南嶺裡的一所學校，老師們從倉庫搬出之前因水災浸襲而久未使用的椅子，近看隱約還能看見那場颱風所留下的水漬，爲了這場3D電影，這些木椅就像沉睡的老靈魂，終可重見天日，迎接著孩子的笑容。

老師與孩子們努力擦拭著上面的灰塵，像是要迎接一場慶典。那天的播映，不僅學生玩得開心，老師們的笑容彷彿也洗去了天災後留下的淡淡哀傷。

消失在衛星導航的小學

我們印象最深刻的，是有次到屏東霧台國小的勵古百合分校播映。一般我們會透過網路地圖或GPS定位來找到學校的位置。奇怪的是，我們輸入老師提供給我們的地址，卻發現GPS導航系統裡根本找不到位置，輸入在google地圖上，同樣也是荒原一片，附近似乎沒有任何道路可以到達。沒辦法，也只能走一步算一步，到時候再沿途問人吧！

八八風災時，霧台鄉對外的唯一通道伊拉橋被沖垮了，所以他們瞬間成了「孤島」。後來終於重新建造了霧台谷川大橋，橋上以象徵魯凱族精神的百合花與百步蛇圖騰作為主要設計，而在三地門端則設置了八八風災救災英雄紀念碑，就是為了緬懷當時殉職的救災英雄。

我們先是通過了這個很有故事的霧台谷川大橋，大自然的風聲似乎低訴著他們曾經見證過的故事。為了要找到學校，我們問了許多路人，從雜貨店問到早餐店，但因為每個人的說法都不同，所以我們重複上山、下山，卻依然看不到任何一間學校的蹤影。眼看油箱的油即將耗盡，只好趕忙開到加油站。幸運的是，就在我們詢問加油的工讀生時，旁邊正巧有位學校老師也在加油，他說，他可以帶我們上山到學校，也順便跟我們解釋，因為校舍也遭遇風災，因此改建於別處，才會消失在衛星導航裡，我們終於可以放下心來跟著走了。

在抵達新校舍的路上，我們看到一棟棟臨時搭建的鐵皮屋，老師說這就是許多居民無家可歸時遷居的長治大愛園區，這裡的每個人都團結一心，一木一土，重新打造他們充滿笑聲的家鄉與校園，讓孩子持續得以學習。對於魯凱族而言，百合花是一種「榮耀的象徵」，不管在多麼絕望的環境，都要如百合花般綻放生命的美麗與強韌。

我們非常幸運，一趟遙遠的演出也讓我們從這些孩子的身上學到許多，謝謝你們教會我們，面對挫折不能輕言低頭放棄。哪怕不順利，還是可以用「笑容」來看待人生的每一刻。

但我們更要學的是：「愛，要即時說出口。」

遲來的承諾

《3D台灣》的片頭是江伯伯在蝶舞中引吭高歌。接著茂林的紫斑蝶漫天飛舞，成片成群，閃耀著璀璨光輝，形成最詩意的畫面。

在原民部落裡，人們喜歡用吟唱來表達心情、完成對話，這是部落耆老最深情的文化。耆老告訴我們，看到蝴蝶就像看到美麗的情人，今天，他在山上看到美麗的蝴蝶，再度想起了心愛的情人，所以用這首情歌來表達他的思念。

江伯伯用他部落裡的語言，唱著：「我獨自一個人在山頂上，聽到山谷裡傳來的回音要我趕快回家，回到家裡，家人說有我的信，於是我接過來看，原來……是妳的喜帖。唉……唉……我眞的、眞的好懊悔當初……於是，我傷感地掉了眼淚。」

《3D台灣》獲得了國際大獎後，我趕緊打了通電話給江伯伯，將得獎的喜訊以及國外評審對他歌聲的好評與他分享。同時也將我要完成美力台灣3D行動電影車的願景告訴他。

江伯伯在電話裡爽朗地笑著說：「明年，3D車一好，要來我的故鄉播映唷！我要找我的女兒、朋友，還有學校裡的孩子們一起來看。」那通電話，我們聊得非常開心，儘管當時3D車才剛找到車廠準備研發，一切都還在籌備階段，但我告訴他，一定會去他的家鄉播出。

孰料，那是我們最後一次通話。

還沒等到3D車完成，江伯伯的女兒就捎

了訊息給我，告訴我江伯伯已經不幸離開人世了。我聽到以後，內心十分懊惱，遺憾自己趕不及完成這個承諾：「我們不是說好要把3D車帶到你的家鄉，讓你的孩子和那邊的孩子看看，屬於這塊土地的驕傲嗎？你怎麼就這樣走了？」我內心汩汩地湧出這樣的想法。

3D車完成以後，我抱著遺憾與悲痛，從北到南開了四百公里，終於抵達江伯伯的故鄉，而他的女兒美英也帶著父親的相片來到現場。

美英瘦了許多，我們內心都有著相同的不捨。我們在力里國小準備完成這個遲來的承諾，讓全校的孩子都能看到《3D台灣》。在片頭，我們透過3D看到江伯伯栩栩如生地站在我們面前，彷彿一伸手就能摸到，他用最深情的歌聲唱著情歌，如同以往一樣。美英與我的淚水忍不住奪眶而出，久久不能自己，小寶、吉馬與文豪等人也都忍不住落下了男兒淚。

江伯伯，您知道嗎？

我們每一個人都依然思念著您，期盼您在那邊的世界永遠開心，不再受到病痛折磨。美力台灣會繼續努力，把江伯伯最美的歌聲讓更多人聽見，把台灣最美的風景讓更多人看到。

謝謝您，江伯伯。

13 一直往前，老天自會有安排

民宿裡的巧遇

美力台灣3D車巡演全台，到了晚上就必須找旅館或民宿休息。民宿尤其有「人味」，看到「美力台灣」卡車，總會好奇問一句：「這臺車是在做什麼的呀？」其中有間位於新竹民宿讓我們印象最深。

這間民宿是由一對老夫妻經營的。播完3D電影之後，我們循著地址找到這間位於田邊的民宿。這裡面的裝潢十分典雅舒適，老闆牽著老闆娘的手走出來，替我們打開大門，他們看起來大約六十多歲，面色和藹。老闆娘好奇地問著這部3D行動電影車是做什麼的？

但我們發現老闆娘笑的時候，半邊的嘴角總給人感覺不太協調，不好多問，文豪趕緊告訴老闆娘關於這部3D電影車的故事，以及爲什麼我要做這些事情的原因。老闆娘聽到關於我腦瘤的事之後，突然眼眶泛紅，有半邊的臉因爲情緒而微微抽動，但另外半邊卻僵硬不堪。原來，她也曾經因爲腦瘤開刀，所以對於我的故事感同深受。

她同樣在醫生宣布腦瘤之後感到徬徨無

助，同樣怕自己來不及看到三個年幼孩子長大而遺憾，同樣在手術前的無數深夜裡，與另一半抱頭痛哭，同樣寫好遺書準備面對死亡未知的警鐘。這是多麼巧妙的際遇，兩個同樣經歷的人，因爲這樣的緣分互相激勵。

幸好我們都活下來了，即便腫瘤爲我們留下了後遺症，臉部神經失調，連帶影響了聽力與視力，而且天氣一變化就會有流口水、流眼淚等輕微的中風症狀，經常在人群裡引起側目。但我始終記得那兩個字——知足。

比起太多人，我已經十分幸運，我要牢牢把握這第二條命，不能浪費每一秒。我一路跑、一路衝，相信一路往前，老天自然會有安排。

光雕三劍客

在美力台灣映演的過程中，我認識了許多「帶著傷的人」。他們都以無比的勇氣克服殘缺的傷痕，除了民宿老闆娘之外，我還透過學姊介紹，結識了後來讓我們3D電影車變成3D光雕車的影像魔術師小黑，以及光雕影片重要的靈魂配樂師阿輝，我們三個就這樣組成了「光雕三劍客」。

徐志銘綽號小黑，患有罕見疾病妥瑞氏症。因爲妥瑞氏症，所以他不論在求學或職場上，過程都比其他人崎嶇一些。你是否也曾經遇過這樣的妥瑞氏患者？他們每兩秒鐘嘴角會抽搐扭動、猛眨眼睛，甚至突然大叫，有些人把這個過程稱作「放電」。他們不是故意的，但終其一生都要與這樣的症狀共處。因爲小黑看到使他興奮的事物就會忍不住不斷搖頭晃腦，所以總是會有老師問他有沒有聽懂。

小黑儘管嘴巴上說「有」，但卻抑制不住不斷搖頭，因此被老師歸爲問題學生，彷彿總是刻意跟老師們作對。在班上，同學也因爲他不尋常的舉動而不易與他親近。後來從南部到台北工作，小黑的電腦動畫能力完全被埋沒，在那裡，小黑只是一個「便當小弟」，一旦買得不合大家胃口，就會被同事破口大罵，完全沒有半點尊嚴。還來不及適應都市倉促的腳步，小黑就已經帶著心傷回到家鄉。他曾怨嘆爲什麼別人會這樣看輕自己，幸好回到故鄉台南的他振作後重新出發，漸漸以製作動畫與光雕獲得好評。

在學姊的介紹下，我認識了小黑，他的個性非常憨直，有時候會因爲不擅長說話而得罪別人。但他的心地非常善良，他知道了我對抗病魔與腦瘤的故事後，便說想來參與美力台灣的活動。

於是我邀他跟我們一起到一間南投竹山上的學校。坐著車子沿著九彎十八拐攻頂，小黑忍不住點頭告訴我：「導演，你不要誤會，我只要情緒亢奮就會忍不住搖頭、點頭，這個計畫眞的太酷了，如果不是參與美力台灣的話，我根本不會到這麼偏鄉的學校。」

但到了學校後，小黑的腳步卻在校門外踟躕徘徊，我走過去問他，才知道原來童年在學校不快樂的經驗，讓他對校園充滿陰影。

「進來吧，讓孩子靠近你吧！」我告訴小

黑，其實也希望他能夠走入人群。

小黑非常專注地把3D電影看完，並且十分融入地與孩子一起參與觀影後的分享與有獎徵答，老師們聽到他的專長後，都對他豎起大拇指，給小黑一個又一個正面的肯定。

開車下山的時候他告訴我，好久沒這麼開心過。他非常認眞地告訴我：「導演，我很會做光雕和動畫，可以也讓我爲偏鄉的孩子做點事嗎？」他說他也想透過自己的專長回饋社會，把美力台灣3D電影車穿山越嶺的故事製作成光雕動畫，讓偏鄉的孩子在自己的家鄉就能看到光雕。

於是我們開始思考，這部3D電影車，要如何變身成爲「光雕車」。我們經常看到國內外有許多打在建築物上的光雕，國外知名的有東京迪士尼樂園與香港維多利亞港的3D光雕秀，國內則有台中歌劇院、屏東萬金教堂的光雕秀。如今，我們要把這樣的「光雕秀」也變成行動，和3D電影一同帶到偏鄉，帶給更多偏鄉的孩子驚奇，讓歡笑傳遍這塊土地。

而在音效界頗爲知名的阿輝（吳亮輝）從小就患有小兒麻痺，從小到大，他到哪都一定要帶著枴杖。阿輝是在一九九五年入行，在禮讚工作室負責配樂，當時他還是那邊的助手。直到二〇〇三年，因爲大愛的戲劇讓我們有了首次的合作。他深知我對作品要求的個性，了解我堅持品質的態度，後來他自己開設了「生笙音效」，我們也持續有許多合作。

對阿輝來說，行動的不便並沒有限制他對夢想追求的渴望，在我告訴他光雕車的計畫後，阿輝告訴我：「導演，我的音效專業可以幫上忙，讓我也加入光雕車計畫吧！」於是，我們「光雕三劍客」就此成形。

接著，知名投影廠商EPSON聽到我們有光雕秀的想法後，二話不說地贊助了我們可供光雕秀使用的投影機。一個計畫的成功眞不是光靠一個人就可以完成的。在這趟過程裡，眞的有太多人及廠商，一起共襄盛舉，才能讓這項活動不斷走下去。所以我們始終不忘初衷，更要努力完成每一次映演，並不斷開發新項目，帶給孩子驚喜。

3D光雕車的瘋狂實驗

在硬體部分，除了要爲一部巨大的高流明度投影機特別訂做一個可以自由移動的腳架外，最困難的是如何讓車子成爲一個3D投影布幕？

在許多車展的表演裡，因爲車體是淺色或素色，所以都能直接變成投影布幕。但3D車不斷跋山涉水，泥沙的累積很難讓車子一直保持著潔淨的純白。我們曾經想過，要像露營車那樣在車外掛一個投影布幕，但這樣又會違反道路安全規定。左思右想後，我們訂做了不反光的布，並且在收納、裝置等過程裡，都要確保不能有縐折與凹痕，而且要針對車體的圓弧與輪胎等量身訂做，就連一公分的誤差都不能允許。

這塊布就像是3D車的衣服。套上去，投影布幕就成形了。

但是，下一個又問題來了。後照鏡不能摺疊，會讓整個車體凸出來，多出一塊東西。所以儘管車廠的阿賓多次婉拒這項要求，但我們依然下定決心——

把3D車的後照鏡鋸下來了！

這些說起來簡單的光雕設備，在製作過程中卻是困難重重，許多人認爲我們痴人說夢。製作布的廠商不願意接，因爲過程實在太過麻煩，做我們一塊布可抵他們作五、六筆生意。製作光雕投影機腳架的廠商也認爲沒辦法把巨大的投影機放上去。還說他們聽過許多人都想這樣做，但後來都放棄了，因爲做了才發現這麼費工。

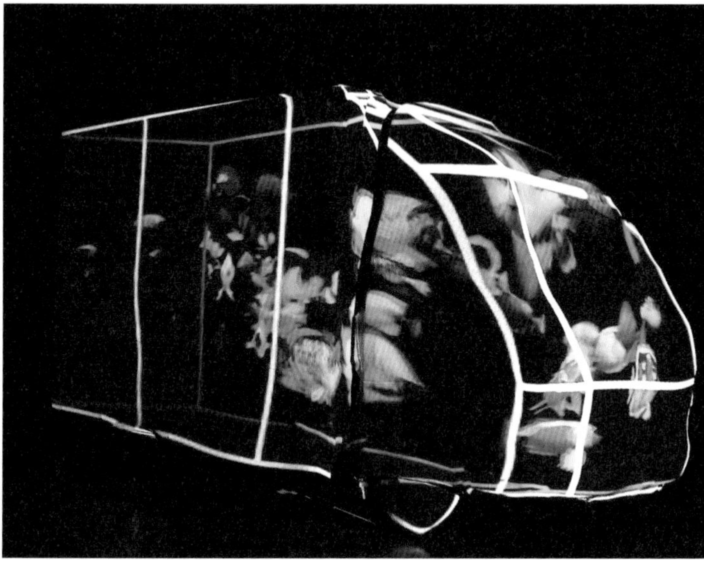

但我們不想放棄，我們發明了讓後照鏡成爲可隨時拆卸，在行車時又能保持固定而安全的方式，我們逐一克服別人認爲不可能的難關，因爲克服難題早已成了美力台灣團隊的家常便飯。爲了要有最好的暗房效果，我們在灰塵瀰漫的車廠油漆室，忍著刺鼻的氣味與飛塵，進行一次次的排練。

即便是一件小小的事，我們還是非常用心對待，只希望有最好的成果。光雕車的完成，也再次代表，理想需要行動的實踐，有願就有力。

人生的追求

我踏入攝影後，當了八個月的攝影助理就

成了攝影師，之後又從攝影師到導演，再從導演到製作人，從2D拍到3D的世界。現在回想起來，爲什麼我可以做到這些看來不可思議的事？或許因爲我的內心一直保有一種好奇心，讓我用心看待每一件事。

可能是因爲開刀，過去有很多快樂的回憶，要嘛是像硬碟被格式化那樣一片空白，要嘛就是只剩下斷裂的畫面。常常有些老友在臉書上重逢會告訴我，我以前是多麼會逗大家開心，很會講笑話，甚至還會把笑話翻譯成英文，還能唱幾首情歌，永遠把場子弄得笑嘻嘻、鬧哄哄的，我總是像個太陽，沒有任何事情能讓我難過或是不開心。

但或許是隨著年紀成長，外在物質的東西越來越多——房子、車子、機器設備、貸款，肩上的包袱越來越多，壓力也變得更大了。於是我變成開始追求減少壓力，而不再追求好奇心與快樂。好萊塢得獎之後給了我很大的警訊，我得重新思考，我的人生要追求的究竟是什麼？

在巡演開跑後，我經常會躲在現場某個角落看孩子天眞的笑容。我邊看邊想，爲什麼孩子有如此單純的笑容，我們長得越大，好像也慢慢失去歡笑的能力？在這兩年巡演期間，也讓我重新檢視自己，在快五十歲的年紀，我問自己，想做的是什麼？

是繼續還房貸、享受物質生活呢？還是要跟那些孩子一樣快樂，躺在草地上看白雲，繼續完成自己蓋樹屋的夢想？我是不是也應該要勇敢地追求自己的夢想與快樂，我的心裡已經有了答案。

【第三部】
記錄百工——各行各業的傻瓜精神

工，三個筆劃，
簡單帶出深刻意涵。
扛住天地的棟梁，
是中間的「人」。
工，是人的延伸，
是文化的底蘊，
更是許多職人
用盡一輩子的
追求與堅持。

1 我的工作思維

令我驕傲的團隊

二〇一五年夏天，《即將消失的百工》參加韓國釜山3D KIFF國際競賽，在來自美國、德國、南韓、日本等四十二件入圍作品中，獲得「最佳影片」獎項。然而這次的頒獎典禮我並未參與領獎，而是請擔任製片的小寶代表領獎。有朋友問：「曲導，是不是幾年前拿到好萊塢3D大獎時受到的不平所致，所以你不想再親自領獎？」

我先是大笑三聲，回頭再看當時，已覺得如過眼雲煙，心中不快早就放下。「因爲無所求，所以無所畏。」這句話成爲我新的人生座右銘。

我是這樣告訴我的朋友：「每位工作人員都辛苦了，每個人都是我的驕傲。有好幾次，我去拍攝時，許多也被其他節目採訪過的師傅會告訴我：『曲導，你是第一個拍得讓我們覺得文化很重要的人。你的攝影團隊跟其他團隊攝影不一樣，許多人是爲了節目而拍，你們是眞的用心在做。』所以這份榮耀屬於每位工作人員，而不只是我。」

我想拍下這些即將失傳的百工技藝，我們拍的不只是「作品」，重點在「人」。匠，能夠做出許多瑰麗的成品，而只有執著的「人」，才能做出有靈魂的作品。

我們在送件到首爾參加比賽時也被質疑，爲什麼不找人重新配音？但我相信，即使沒有共通的語言，最終大家還是可以看懂每一位老師傅那張認眞而充滿皺紋的臉、專注的眼神，還有他們那一雙雙執著的「手」。

結果我們做到了！克服語言的藩籬，我們從來自世界各地的3D電影中突圍而出，獲得了最佳影片大獎。獎座上雖然只有影片名稱與導演名字，但我要把這個榮耀，歸給一起工作的夥伴們。

培訓這群3D團隊是我最大的驕傲，也是一直以來心裡的痛。

練習放手，路才能走得更遠

在台灣，幾乎沒有什麼人在做3D。最主要是因爲3D本身是一項新穎的技術，在台灣沒市場，也沒有相關人才，所以我只能夠自己培養。這群專業的3D攝影團隊是找不到第二批的。就因爲相關人才只能自己培訓，所以這個團隊更顯得重要。有些成員起初連3D原理都不懂，憑著一股對影像的熱情開始投入，扛腳架、測焦距、拍東西，就像嬰孩學步，我一步一步放手，到最後直接讓他們自己去拍，從做中學，逐步建構我們的3D影像資料庫。現在說起來簡單，但過程卻異常艱辛，但我相信只要有心就可以做到，所以還是一步步將這個團隊建立培訓起來。

拍攝台灣百工的後期，我因爲已經開始做美力台灣的巡演，所以便把重責大任交給3D攝影團隊去處理。我深知：「放手，才能把這條路走得更遠。」拍攝期間，他們從不敢馬虎。即便是從早拍到晚，一刻也不得鬆懈，但還是謹守本分，不論對誰都是以禮待之。

經常有許多師傅事後告訴我：「曲導，你的3D團隊是怎麼帶出來的？我從沒見過這麼優秀的團隊。有好幾次我告訴他們，讓攝影機拍就好，他們也休息一下、喝個水吧。但他們總是微笑婉拒，不是盯著片場的螢幕，就是注意燈光效果，眞的是非常認眞。」

3D團隊的戰戰兢兢，就是期盼記錄每一位師傅專注工作的每一秒鐘。師傅們感受到我們拍攝的用心，所以也都把壓箱寶拿了出來，結果拍出了許多我們事前做功課時所意想不到的精采畫面，以及別處看不到的珍貴素材。

嚴格的暴君

我非常嚴謹，數十年來從未有過遲到的紀錄，對工作的要求也非常嚴格，所以在別人的眼裡，我是典型的獅子座，也很像個暴君。尤其當我看到明明可以做到滿分的事，其他人卻沒有用心，或以應付的心情對待，那我就會不斷地要求。我希望我的團隊裡，不只是把事情「做完」，而是把事情「做好」。

什麼是認眞工作？對於認眞工作的定義，我也經常檢討自己。某次我思考這個問題思考到凌晨兩、三點，急性子的我用微信發給小寶與文豪：「什麼是認眞工作？」

沒想到，我馬上接到小寶用半睡半醒的聲音錄給我：「報告導演，認眞工作就是做好導演交代的每一件事，考慮清楚每個狀況，並妥善處理。」說完後他應該馬上倒頭繼續睡了吧。

沒多久，我的手機螢幕又亮起，是文豪打了長信回應我的問題。他喜歡用文字打長長的訊息，他是個詩人，但有時候字一多起來，實在讓人看得頭昏眼花：「我認爲認眞工作就是……不過，導演怎麼會突然問這樣的問題？」我告訴他：「我在檢討我自己。」

「怎麼可能需要檢討？導演感覺就是對自己也非常嚴厲的人啊！」他聽了彷彿大吃一驚。

「我畢竟也是人，也需要不斷地學習與檢討。」我回答他。

「那對導演來說，什麼是認眞工作？」他突然又丟了這樣的疑問過來。

「對人信任，對事用心。」

這就是我對認眞工作的定義。很多人經常會說我是個非常、非常、非常機車的人，龜毛又挑剔，求好心切、個性又直又急。正因爲這樣，所以有時候生活或工作上的夥伴經常會接受到我情緒的炸彈，深怕被責罵而「怕」我。

從好的角度來想，他們因此會更認眞對待手上的工作，不會因爲我好說話而讓成果打折扣。文豪曾經離開公司一段時間，他向我坦白過，過去的他非常怕我，儘管現在也是。但當時是怕被罵，甚至不能理解我爲什麼要這麼做事。現在則因爲理解並認同，所以反而也願意被逼著一步步往前走。

我對事情的反應很快，這或許與個性有關，也可能是後天的工作磨練。但初心還是最重要的事，就像霧霾的背後一定是藍天，只要等待霧霾散去，就一定能夠看見藍天。

文豪在社會上轉了一圈以後，再次回到我的團隊，這次爲了這本書，我們有了更多深度的談話，他才漸漸向我坦承：「即便到現在都還不能完全體會導演的辛苦。但已經慢慢能了解，導演爲什麼會這麼要求？又爲什麼會對那些事情生氣？也漸漸看到導演急性子背後，柔軟的心。」

矛盾的感性與理性

小寶說，我其實是個非常矛盾的人，同時具備著極端的感性與理性。

我的感性，在於能夠爲朋友兩肋插刀，在記錄百位師傅時，看到他們的故事便能立刻感同身受，進一步交流，讓每個師傅都願意在鏡頭前娓娓道出心裡話。而且一直對流浪貓狗很關心，很希望多做一點。

而理性則必須實現在工作上。身爲製作人，我必須一分一毫都算得十分清楚，因爲這決定了整個劇組的預算分配。但衝突的是，導演的角色是要「花錢」的，每一個鏡頭都要花錢，開車、餐宿、設備……樣樣都是費用。這是擔任製作人與導演之間的角色衝突。

身爲一間公司的經營者，我還是必須用理性面思考，因爲我要考慮的面向太多了。我要負擔的不只是這些員工，他們背後都是一個家庭，他們花了大半歲月投入在工作，所以我必須把公司扛著，必須要有營利來支撐這些員工的付出與對家庭的責任，所以儘管沒辦法每件事都面面俱到，但我還是得以公司的角度來思考。

我的理性有時會被解釋爲「霸道」。小寶說過，現在回頭來看才發現，幾乎沒看過我轉型失敗過。從我們剛進入這行，彼此相識、相知、到相惜。在這幾十年間，他看到我的變化最大，不只是我的脾氣，還有我的決定，也漸漸變得成熟精準。

我有時會想，自己爲什麼會有這麼大的不同？我想起在美力台灣開跑之後，有位過去的同事來找我。他告訴我：「曲導，我現在跟你一樣，都是肖仔（瘋子）！」他繼續跟我解釋，因爲他現在不斷在做許多工作上的嘗試，想去挑戰別人認爲成功機率不高的事情。

「因爲瘋狂，才有未來。」一直以來，我都一直瘋狂去想、瘋狂去做，早在人家還在觀望的時候，我就已經跳下去做了。

帶著鋼盔繼續往前衝

看到我對認眞工作下了定義之後，文豪又傳了訊息問我，這次訊息總算是簡短精要了：「導演，當初您成立吉羊時，有困惑過嗎？」

「沒有。」我回應了他，但他又傳了一個頭頂上充滿問號的貼圖。

「剛成立吉羊時，年輕信心滿滿，不懂得擔心這些問題。到了現在在大陸拍東西才開始擔心。但也慢慢學會了——悟。很多事要眞正碰到以後，才能眞正的了解，這就是悟。」我繼續解釋。

「導演扛了太多，眞的辛苦了。」有時候眞的很慶幸身邊有這麼好的夥伴，我們總是這樣彼此勉勵，然後一起努力走下去。我經常告訴這些孩子，檢討，一晚就好，然後明天就要繼續往前。不論是成功的喜悅或失敗的挫折，也是一晚就好，明天就要戴著鋼盔，繼續往前衝。

要做任何事情以前，我都會先往不好的那一面開始想，如果做這件事有一百種失敗的可能，那我就先去想那一百種可能失敗的方式，以及如果失敗了我的應對方式。這麼一來，至少我眞的做的時候，就會少了一次失敗的可能。

當初在爲美力台灣募款的時候，我每天起床都是充滿希望，但起床後就被一連串打擊弄得很沮喪。但幸好我的悲觀已先預習，所以一旦做起來，我就要滿懷信心地做下去。

2 即將消失的台灣百工

平凡又不凡的回饋

在雲林縣有間名聞遐邇的媽祖廟，就是位於北港鎮的朝天宮。這裡每年都會舉辦各式活動，尤其是農曆春節至三月底是進香的旺季，廟會、陣頭、花燈、媽祖遶境等許多傳統民俗節慶，鑼鼓喧天，十分熱鬧。有了這樣的信仰與節慶，就衍生出許多工藝品的需求，或者又可說是，因爲信仰文化的產生，而衍生出各種食衣住行。

北港朝天宮，就成爲一個「中心」。

爲了勘景，我們來到北港。我在當地吃了一碗麵線糊，白白的麵線上面加了滷汁，超級好吃！我問老闆：「有什麼可以拍的？」他先請太太把我帶到店裡，請她準備好茶給我。

老闆穿著拖鞋，忙著把手上的工作告一段落，然後請太太出來幫他招呼其他客人。然後老闆終於又走了進來，原以爲要開始泡茶、聊天了。沒想到他又拿著鑰匙叮叮噹噹地跑了出去，匆匆留下一句：「導演，稍等一下喔！半點鐘就回來了。」

老闆回來以後才告訴我們，原來他剛才去捐了一輛救護車給地方用。口氣是這樣平常自然，彷彿送了點水果給鄰居。當下我更覺得自己渺小，一個平凡的小吃店老闆，卻做出如此不平凡而美麗的事，這就是所謂的「回饋」吧！

台灣百工的起源

展開記錄百工的因緣就從這裡開始，當時我們因其他拍攝工作來到北港朝天宮。這裡是人們信仰的中心，也是許多工藝家聚集的中心。例如八家將、獅頭、手工鼓、製香、哨角、布袋戲等，這些「技藝」都屬於我們小時候的「記憶」。因爲信仰而聚集在此，各自衍生出精采的工藝作品。

這裡的工藝技術有許多來自於漳州、泉

州，祖先們將一身好本領與家當帶來台灣，就此展開新的人生，開花結果、瓜熟蒂落。

這些工藝因信仰而聚集在一起。信仰不會凋零，但隨著時代環境的改變，許多百工職人的生存卻可能受到影響，例如透過網路拍賣、互聯網，我們可以買到許多東西。要拜拜、擲筊的話，上網也能做到。百工職人辛勞地做了一輩子，卻因爲科技的日新月異，技術逐漸面臨失傳的危機。

在老一輩的觀念裡，一輩子只要學好一種技術就可以餬口飯吃。於是終其一生只專精於一種技藝，他們簡單做了一件事，卻不簡單地做了一輩子，一代傳一代。怎麼知道科技的快速讓這些技藝不再有需求，也因此年輕一輩不願意以此爲業，逐漸失傳沒落，眼看著過去所熟悉的一切都將變成追憶，我實在不忍，因爲記憶對我而言，更是一種無法抹滅的情感。

我在這裡見識到他們卓絕的技藝，看到他們面對生存的困境，我決定要用3D影像保留下他們的身影與技藝，即使世界的快速演變是我無法抵抗的，但我至少可以用我擅長的影像爲他們留下些什麼。

用3D找回每個人的記憶

記憶是難以抹滅的，尤其是童年。有時候突然聽到一段音樂的旋律，就會把我們帶回記憶時光。或者在忙碌的生活中，好不容易有機會坐下來吃一頓飯，吃進嘴裡的某一種

味道，會突然將你拉進時光隧道。

我還記得有次在霸王寒流來襲時，我在零下七度的戶外拍片，中餐我們到了黃山邊一家路邊現包的小吃攤吃餃子。我看著冒著煙、熱騰騰的餃子，突然想起家。但一咬下去，餃子卻十分乾癟，與記憶裡的美味完全不同，更讓我想念起媽媽包的餃子。我馬上打了電話給妻子雪芳，問她會不會包水餃？她說我試試看。後來春節假期回去時，果然吃著雪芳包的餃子，霎時有股暖流在心頭竄動，一時說不出話。妻子包的餃子雖然味道跟媽媽包的還是有點差異，但同樣愛護我的心，讓我感動得說不出話來。

味道是有記憶的。我拍過以揚州炒飯聞名的居師傅，他的炒飯總是造成萬人空巷，但當我問他，心中誰做的蛋炒飯最好吃？他卻告訴我，念念不忘的還是媽媽的蛋炒飯。至今仍常夢到那盤炒飯以及媽媽的味道。我想或許所有人的答案都一樣，童年媽媽的飯菜永遠最香、最難忘。就連一位在美味上極其追求完美的大師，也難忘媽媽簡單的味道，因爲那便是一種記憶的味道。

我想做的，就是用影像找回記憶。

一輩子只爲做好一件事

百工碰觸到的是人味。每一個鏡頭背後，都有一段堅持的故事。

百工系列拍的其實不是工，而是「人」。有時候鏡頭一來，師傅就會急忙拿出自己所有的技藝品，有些甚至還會說，上次接受採訪或節目拍攝時，哪個技藝品是最受矚目或他最引以爲傲的。

我都會告訴他們，我拍的不只是作品，而是「人」，人才是重點。

《即將消失的百工》用四年的時間拍攝，以3D技術記錄百位即將失傳的傳統工藝，包括手工製香、蓑衣、造劍等師傅。這些工藝家用盡畢生的堅持，無論外在環境如何波動，他們依舊專心於手上的技藝，經過時光長河的淬煉，他們流傳著先人的智慧與文化。他們所做的工作，是用盡一輩子的人生去堅持的。

我相信，用「手」去完成一件事的過程和精神，是各個民族之間都能共通理解的，

箇中的情感可以直接傳達，不需再用文字補述。他們的每一個舉動，就是告訴我們什麼叫作手到、眼到與心到的道理。我們透過3D視覺營造出手工藝的人文溫度，再以最自然的方式呈現在觀眾面前。

在科技數位時代，這些手工藝難逃被機械取代及後繼無人的命運。若不能找到新的生存方式，就只能默默消失，不過這些百工師傅的熱情，經常讓我拍到想哭。

我記得美力台灣在蘭嶼播放3D電影的時候，那裡的孩子童言童語地說著：「很多花靜靜地開在我們身邊，很多東西出現在我們身邊，大人卻沒有珍惜他們，然後再說後悔，實在不懂大人的世界，好複雜。」這段話一直放在我心裡。

我希望用3D影像記錄百工，就是希望讓更多人看見，這種一輩子只爲做好一件事的堅持與熱情。然後好好珍惜這很可能消失的一切。

3 守住最後一代的傳奇？

於是我開始蒐集台灣傳統工藝的資料，並且一步一腳印，四處探訪，拍攝傳統工藝。一開始打電話的時候也是四面碰壁，有些老師傅誤以為我們要利用他們來做什麼不好的事情。這沒有打擊我，卻讓我有些感傷，因為我可以猜想他們曾經遭受過的誤解與傷害，才會有這麼直接的反應。直到他們漸漸發覺我們是眞心投入地記錄拍攝，才逐漸卸下心防。

「曲導，你把我拍得太棒了！我還知道有個做蓑衣的老師傅，現在全台灣只剩不到三個還在做，我幫你介紹一下。」有些原本不願受訪的老師傅在我們誠懇地接觸後也漸漸接受了我們，甚至還紛紛主動幫我推薦其他師傅，於是，百工記錄之旅就此展開。

裊裊香煙——榮芳堂香鋪

黃榮漢師傅的手工製香一做就是六十四年，他堅持用檜木製作，而且每三十分鐘都得晒香翻面，將祈禱的意念具體化。他的阿公，和他阿公的阿公都是這樣跟孫子說的：

「人需要火，大家都需要拜拜。」他們認爲，只要有信仰就需要香，香是被永續需要的，所以做香可以生活一輩子。但誰會想到，隨著時代演進，用手拜拜甚至網路就可以直通神明，線香漸漸失去銷售市場，所以黃師傅的製香也面臨轉型。原本黃師傅的兒子不想接班，但幸好透過溝通後逐漸改變了意願。

我們拍攝的時候，父子倆都在，讓我們看見他們平日的工作狀況，我們看見兒子相當努力在學習，但偶爾會對父親的做法有些意見。他會告訴父親，也許如何調整可以做得更快、更好。因此偶爾傳來一些爭執，都是爲了讓品質更好。這也讓我們看到，兩代傳承的挑戰與改變，要如何融合新思維，並完成保留舊技藝，這是我們這代人的考驗。

但儘管父親同時也是嚴格的老師傅，關愛卻是無可隱藏的，因爲透過鏡頭，我們看見父親靜靜看著兒子製香時，流露出滿是驕傲的眼神。這眼神讓我們會心微笑，或許除了技藝之外，情感也就這樣傳承下來了。

古老的上等雨衣——蓑衣達人吳草塔

位於新竹內灣老街的蓑衣達人吳草塔，他是第三代傳人，做了二十多年。他經歷過以前三天至少賣出一件上萬元蓑衣的時代榮景，但現在頂多兩、三個月賣出一件六、七千元的蓑衣。

我問師傅，爲什麼製作蓑衣的技術不傳給孩子呢？師傅一聽就紅了眼眶，他告訴我：「曲導，現在做蓑衣我只能當興趣了。你看，現在的蓑衣都是展示品，私人收藏、了不起能進博物館，你叫我的孩子要怎麼靠著賣蓑衣來養活他的孩子呢？」

在數十年前，蓑衣是上等的雨衣，冬暖

夏涼且輕軟透氣，窮人大多只能穿麻布袋避雨。當年吳草塔的祖父將蓑衣的技術傳給了父親，再傳給他。蓑衣聯繫了祖孫三代的情感，他從「繩子在大腿上搓」的傳統製法開始做起，剛開始，一個星期才能完成一件蓑衣，但他一邊做一邊精進技術，將搓繩的前置工作分工，讓每件蓑衣的產出時間縮短到三天。

在一九八〇年代，他製作的蓑衣曾讓他擁有豐厚的收入，因為避邪、求吉祥與風俗習慣的傳統意涵，所以不論用作習俗或裝飾之用，都讓蓑衣的需求不斷，那陣子他經常開著貨車出去，一整車的蓑衣總是銷售一空。

不過二〇〇〇年之後，原本茶藝館裝飾與追尋骨董收藏的需求都變少了。他的貨車遊走在新竹、內灣擺攤，吳草塔就好像「長尾青仔」，是樹上僅存枯萎的青葉，看著過去許多原本在做蓑衣的人都一個個收攤或失傳，他還是抱著一絲希望，想在有生之年看到蓑衣再次熱絡，但六十歲的他或許已經知道可能性微乎其微，因此臉上總帶著落寞。

就和大部分我們拍攝的師傅一樣，即便他們再熱愛自己的工作，但隨著時空環境的轉換，有了便利的雨傘、雨衣，人們對蓑衣的需求變得可有可無，因此他們的手藝也不再受到重視了。

身為影像工作者，我無法為這些師傅做些什麼？面對環境與經濟競爭，現實的殘酷可能讓他們成為這些技藝的最後一代。我只能透過記錄影像，完整保留下他們的身影了。

傳遞情感的鼓聲——手工製鼓黃呈豐

在線西這樣的淳樸鄉村中，有個「手工製鼓」達人——黃呈豐，一個手工製鼓的製作流程至少一個月，是很難去量產的，但相較於機器無法調音跟繃鼓的缺點，黃師傅至今仍堅持以傳統技術製鼓，所以他製作出來的鼓，敲打出的聲音扎實又好聽。

現在的黃師傅是個談笑風生，熱愛工作的人，很難想像小時候的他，其實是非常排斥製鼓的。因爲製鼓的牛皮總是發出陣陣惡臭，讓家裡孳生了非常多的蚊蠅，所以他在就讀小學時，如果有同學說想去他家玩，或是問他家住哪裡，黃師傅總不敢跟其他人透露半句，擔心自己家裡的霉味會嚇壞同學，也因此產生了自卑感，很排斥繼承家業。

黃師傅在家中排行老二，但大哥罹患小兒麻痺，所以父親就要求黃師傅必須學會製鼓的大小事，例如削掉牛皮、上油漆在鼓桶上、晒牛皮等技術。他雖然因爲父親要求不得不學，但內心還是非常排斥。

黃師傅決定繼承家業的轉捩點來自於一通電話。那是一個炎熱的下午，大地好像蒸籠一樣，被燒得滾滾燙燙的，聽到電話響，全身都被汗水弄得濕濕黏黏的他，接起了電話。

「你好，我想跟黃師傅買鼓。」電話的彼端用台語說著。

「黃師傅？是哪個黃師傅，我爸跟我、還有我阿公都姓黃啊。」黃師傅被沒頭沒尾的電話問得丈二金剛摸不著頭緒。

「安捏喔……啊就是黃師傅啦，我也不知道是哪個黃師傅。我們的鼓是幾十年前買的，可能是你老爸啦。啊你們現在還有在賣嗎？我要訂機票過去買耶！」聽到對方這麼說，心想應該是二十多年前曾在父親那代買過大鼓，沒想到幾十年了，人家要買鼓還會記得他，但遺憾的是，父親已經過世了。

這通電話好像一記警鐘，敲醒了黃師傅，雖然父親已經離開人世，但鼓藝就是父親的精神，他的技藝依然留在世上沒有失去。於是，他決定要繼續把這項技藝傳承下去。

在答應對方製鼓以後，黃師傅便專心

投入在製鼓的工作。也對鼓聲有了更深的感情。每每聽到廟會時，傳來的鼓聲就來自他親手製作的作品，心裡除了開心之外，還有一份驕傲，這是從父執輩傳承下的技藝與精神，他沒有讓它失傳，這就是他持續手工製鼓的堅持。

因為大環境的影響，製鼓的收入並不好過，但他的兒子卻毅然地接續家業。在製作過程中，黃師傅雖然不時與孩子鬥嘴，但仍忍不住細心提醒孩子每個步驟應該怎麼做：「不對，你應該這樣做。」話雖如此，但表情卻毫無責備，反是笑容。而孩子回的：「我知道啦！」「你很煩耶！」聽來雖然有些不耐煩，但也隱約帶著笑容。兩個傳統大男人，或許有些話很難說出口，但他們的肢體語言卻忠實地傳遞出，父親望子成龍的驕傲，以及孩子體會父親辛勞的理解，更有父子同心、齊心協力的感動。

臥虎藏龍的青冥劍——興達刀鋪郭常喜

位在高雄茄萣的興達刀鋪來頭不小，《臥虎藏龍》裡頭使用的青冥劍就是從這裡打造出來的。歷經三代傳承，郭常喜十三歲國小畢業後就跟著父親學習鑄鐵，甚至遠赴日本學藝。除了製作兵器之外，他自己也蒐藏了多達三千多件，各個朝代的刀劍武器，甚至還有在武俠小說或電影中才見得到的流星錘、頭盔、戰甲等，他對兵器刀劍的癡迷是

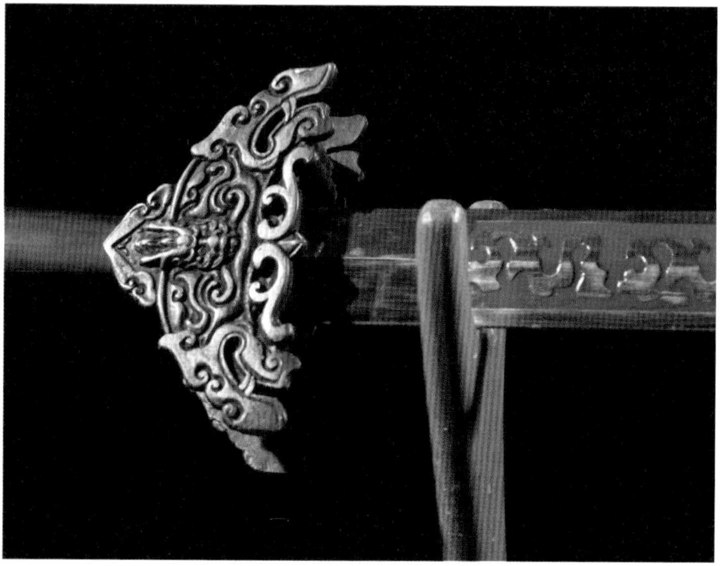

顯而易見的。甚至在二〇〇二年，他已完成他的夢想，在榮烈高雄地方文化館成立了兵器文物館。

郭師傅雖然已經七十歲，但仍然每天與爐火、鐵鉆和鐵鎚為伍，一年到頭穿著被火花穿洞的破衣，每天早上他拜的不是火神、也不是刀神或劍神，而是放在那邊準備造劍的人骨。聽起來懸疑，但其實這典故出自戰國干將與莫邪的故事，這對夫妻為了鑄出絕世好劍，便投身火爐，以完成畢生之作。現代科學自然不需要再焚人骨鑄劍，但這傳統信仰卻被保留下來了。

郭師傅平日相處非常親切，操著一口台灣國語，談笑風生。但只要一進入刀鋪，兩眼就像是犀利的劍光，直射出去使人震懾。相較於父親銳利的「劍」氣，他的兒子做的是「刀」，刀只有一面刃，或許也有點懾於父親威嚴的意味吧。郭常喜對鑄劍的要求非常嚴格，一直擔心打鐵工藝即將消失的困境，看著十幾名徒弟來來去去，藝術學院的教學又沒辦法深入基礎打好底子，自然也無法學到鑄劍的精髓。雖然焦急，但也只能透過文化的推廣，希望更多人注意到這門技藝了。

雞毛撢子不只可以打小孩——彰化埔鹽陳忠露

雞毛撢子曾經是彰化埔鹽的特產，現在卻相當罕見。雞毛撢子的源起有個傳說，據說當時有人專門去撿民宅殺雞後留下的雞毛，洗乾淨以後製成雞毛撢子，剛好鹿港有很多賣家具和佛具的店需要這種方便打掃的工具，於是雞毛撢子大受歡迎。當然，製作方法後來與時俱進。

我們拍攝的是彰化埔鹽製作雞毛撢子的陳忠露師傅，雞毛撢子的製作相當麻煩，在殺雞後取毛，還要一根根仔細地整理乾淨，配合白膠與棉線一根根地纏繞與黏合，這個部分非常需要耐心與細心，是絲毫不得馬虎的。最後，還得在木頭餅底端鑽一個洞，把做好的雞毛撢子結合上去。花上大半天才能完成一隻雞毛撢子。手工雞毛撢子經常一用就是好幾年，但雞毛撢子費工費時的製作卻完全無法反映在價格上。而且我們拍著拍著，每個人的鼻子都癢了起來，一摳才發現，鼻子裡全都是細毛屑，既費工又癢，價格還賣不高，難怪沒人要做這樣的事情了。

台灣有太多屬於自己的文化面臨失傳，這些獨特的文化在國外其實很容易受到矚目，但在我們自己的土地上卻總被忽視。拍攝時，每個師傅談起自己的技藝都十分驕傲，但一提到現實，就是一樣的失落與擔憂，不知該如何將手藝延續下去……拍攝3D的我在台灣也是個少數異類，所以似乎與師傅們能有些共鳴，因此也往往聽到更多真實的心聲。

帶著這樣些許落寞準備離去，突然師傅從屋子裡跑了出來，拿了一支雞毛撢子對我說：「導演，你拍了一天偶做雞毛，還訪問偶。現在素不素換偶問你幾個問題？如果你答對了，這雞毛撢子送給你。」

我十分好奇他會問些什麼？結果看到師傅充滿挑戰意味地從滿桌的雞毛拿起了一根羽毛，問我：「這是什麼毛？」

我頓時被問得啞口無言，心想：「不是都差不多嗎？」

「這是雞尾毛。那這又是什麼毛？」他拿起了桌上另一根羽毛，繼續問我。陳師傅說，這裡混雜的有雞的肩膀毛、翅膀毛、尾巴毛等各式各樣不同的毛。乍看這幾根羽毛似乎差不多，就連色澤、形狀、長短也都相差不多，但師傅隨手抓起羽毛，就能迅速分辨它們的差異。我眞的當場傻在那邊，嘴巴張得開開的。我想……

這就是專業。

舊木材做木偶——黃憲章

人家說隔行如隔山，因爲他們畢生在這個行業裡頭鑽研，看起來簡單的東西，卻往往不如想像中那樣簡單。許多人是繼承上一代，也有許多人是在生命轉了大彎，因緣際會下摸出了讓他可以專注投入的技藝。

懸絲木偶的黃憲章師傅最令我佩服的，是他運用回收的舊木材、舊家具製作懸絲木偶的巧思。黃師傅原本從事布景道具設計，剛開始是應國小音樂老師教學影片的需求做了第一隻木偶。他在網站上四處查資料，無師自通，靠自己摸索做出了第一隻懸絲木偶。但因爲他用紙黏土與長形木板黏合，所以基本構造根本不穩固，禁不起碰撞。

這樣的挑戰反倒激起他的興趣，讓他一頭栽了進去，既然國內沒有這方面的資料，他就從國外的資料找起，但他英文不好，所以就只能看圖片摸索，並憑藉著之前製做工藝道具的專長，做出一個個傀儡戲偶。這不僅

是木偶本身有學問，上面的線也相當重要，例如提繩的材質、長短都會影響整體呈現。

黃師傅還告訴我們其中微妙的差別，西方的懸絲戲偶是用棍子組合操作提線，但他做的是固定在同一塊木板上，靠手指細膩的操作拉放。除了技術改良之外，他在傀儡絲偶的造型上也做了改變。傳統懸絲偶戲的表演大多是在迎神賽會上才會出現，通常以鬼神為主，但有非常多的禁忌，所以始終帶著神祕的色彩。黃師傅念頭一轉，把他們改造成卡通造型，不僅顯得可愛，更重要的是，可以讓更多人注意到這門技術。

「其實戲偶就像是人的縮小版一樣。」黃憲章語重心長地說出他的戲偶人生理論。「操作戲偶的時候，有時候會一個不小心讓線打結。有些人兩三下就解開，但有些人卻是越解越糾纏，越解越複雜。不過有趣的是，如果我找小孩來解，通常他們很容易就能把線解開，反倒是有些大人，怎麼樣都沒辦法乾脆地解開呢！」

戲如人生，看來，戲偶也如人呢！

大自然教的藝術──原住民藝術家Daki

有次我到三地門鐵雕藝術家 Daki 的家裡，他的孩子拉著我的衣角，問我要不要聽他家鄉的故事。

於是我看著這個孩子用筆在紙上畫了兩分鐘，再花十分鐘告訴我他家鄉的故事：「導演叔叔你看，這是大武山、這是我的爸爸、媽媽、還有原住民跟漢人。我們是從那邊過來的……」

看著孩子自由揮灑他的想像空間，用畫筆與童心說著自己家鄉的故事。我在想，爲什麼許多生長在都會裡的孩子，一想到中秋節就是烤肉，一想到雙十節就想到煙火？我想，這是因爲環境。同樣都是孩子，但台北的孩子可能認爲花生跟地瓜都長在樹上，因爲他們很少親眼看見這些作物，但他們的想像力跟天真其實都是與生俱來的，我們不妨給這些都市孩子多一點大自然的刺激吧，相信自然會召喚出每個人內心裡的原始感動。

我們眞的需要保留一點童心，保留那截然不同的想像力。科技雖然帶給我們方便，但千萬不要被科技產品限制住我們的生活，甚至孩子的創作能量。

或許因爲從小徜徉在大自然，原住民的藝術天分總是特別突出，令人敬佩，他們的作品能夠在加拿大美術館擔任主視覺，或是在法國凡爾賽宮前穿著原住民服裝，昂首挺胸的模樣都讓人讚嘆。或如琉璃珠之父巫瑪斯，一頭長髮，身穿花襯衫，有點印地安人的味道，證明他們的與眾不同與不凡。

有人說，爲什麼原住民的歌聲，特別有感染力、特別好聽？我想，除了天賦之外，也許是「大自然」教會他們唱歌，這些孩子的身邊，最常接觸到的，就是這山、那海，這些大自然賦予的美好，就是最好的老師。

4 每一次創作，都是一趟孤獨的旅行

一直以來的現實考驗

外界看到的我，經常都是直來直往有話就說，甚或充滿活力的。但其實我的內心一直是悲觀且鬱鬱寡歡的。或許是因爲童年開始就經歷很多不同於常人的事情，所以漸漸不敢去期待。我的內心彷彿還住著一個小男孩，他常會把窗簾拉上，關在房裡細數傷痕。但每當這個時候，我都會告訴自己，走出去拍片吧！那些美麗的風景，總讓我學習著心境開闊。

台灣有太多珍貴的寶藏是需要我們去珍惜的。如果從海洋撈起台灣，再用3D空間去看台灣，那台灣不只是個番薯，還應該是個菱形的寶石。這裡擁有太多寶貴的資源與環境。用3D記錄是一種使命感，我必須透過鏡頭讓文化延續下去，即使改變不了任何事，至少也用旁觀者的視角記錄下這些影像，讓更多人正視我們自己的文化，薪火相傳下去。

在拍攝百工紀錄的時候，我看到太多悲傷的故事，這些師傅們手藝卓越，但生活卻過得非常困苦，儘管如此，他們還是咬緊牙根，不忘初心，想要將先人的智慧與技藝繼續傳承下去。他們是如此認眞地對待自己的文化，但卻面臨無法代代相傳的困境，他們在鏡頭下，總是對我掏心掏肺地說出許多心裡話，這是許多師傅共同面對的眞實生活，我很希望透過鏡頭可以幫助他們，但力量實在棉薄，讓我常常看到影片就忍不住鼻酸。

這個時候，我就會去拍台灣的自然環境，讓自己跳脫出那樣的心境。等充夠了電，再繼續拍下一個。

有人問過我說：「導演，你是如何規畫這趟3D百工的？」

當然，我有規畫也有想法。但因爲預算的緣故，我眞的只能拍一個是一個，非常辛苦但甘之如飴，我知道抱怨無益，但卻還是因此受過傷，像是幾次爭取補助時，就會面對評審的質疑：「你眞的拍得出3D百工嗎？」「這種東西用3D拍有意義嗎？」

因爲沒有人這樣做過，所以被懷疑或許是理所當然的。但事後獲得的肯定，不論是在韓國釜山3D影展獲得最佳影片，或是得到北京I3DS的3D優秀獎，都是告訴我們，這些台灣的傳統文化更該受到重視。這些師傅都是台灣的瑰寶，擁有傲世技藝的非物質文化遺產，可能即將在時間的長河裡失傳。外面的人都是如此讚賞，但我們是否應該更珍惜這些資產？

然而，即使獲獎肯定，很現實的，我的3D拍攝總是遇到預算不足的危機。

我一路走、一路衝，不敢輕易停下來。拍

了3D百工、做了美力台灣，有一個公司要扛，好幾組的人要養，龐大的負債壓力著實讓我感到吃力，我不得不思考種種現實因素。

在中國大陸那邊，有人提供了資源讓我到那裡繼續拍下去。我掙扎了非常久，因爲我最愛的土地還是台灣，親人與大部分的朋友也都還在這裡，我不想放棄繼續在這裡工作拍片的機會，理想與現實，讓我陷入兩難。

後來我轉念一想，我的祖籍在山東煙台，身爲炎黃子孫，回歸到五千年的中華文化歷史還是有其使命，所以我決定將鏡頭移往中國大陸，記錄當地的風景和非物質文化遺產，那只是我跨向世界的其中一個國家，將來更要把鏡頭帶到世界各地，持續以3D影像記錄下全球的「美力」風景，最後再帶著這些影片回到台灣，開著3D車，巡迴各地放映，帶著台灣的孩子們看世界。

站在蒼穹下，
我們就是一夥的。
關於藍天，關於守護，
關於美力……

We Can!

面對要去大陸的兩難

濤哥到公司看到我用3D記錄百工的影片後，隔天就約了一位企業大老來看我累積的成果。那位企業大老看了以後非常訝異，並且好奇地問我：「爲什麼要做美力台灣？台灣又沒有太多3D的案子。」於是他當場打給他在中國大陸的好朋友，他們有個中日美跨國合作的3D電影案，正在尋找相關的3D拍攝專家，極力邀請我加入團隊。

過去，我到中國大陸的次數屈指可數，因爲在病後總會想多花點時間陪伴家人，多記錄一些自己成長的土地。然而，美力台灣開跑後，在沒有其他資源的奧援下，這個案子提供的簽約金，剛好是一筆能夠讓美力台灣維持下去的資源，也剛好可以讓我的負債打平。於是我們達成協議，準備開拍一部跨國集資合作的古裝3D鉅片。

簽了約以後，因緣際會認識了新竹物流CSR的王俊凱總監，他剛好想做一部電影巡迴車走入偏鄉，三點五噸的3D電影車是前進

鄉間小路最合適的車輛，正好可以到達其他藝術表演無法深入的地方，因此我們的想法一拍即合。新竹物流與見性社會福利基金會的投入，成爲了美力台灣的共益夥伴，一起攜手將3D電影送入偏鄉。感謝王總監及新竹物流的協助，讓美力台灣能夠一直持續走下去。

美力台灣的活動逐漸上了軌道，這讓我的心裡也篤定了一些。不過計畫趕不上變化，我到了上海後才發現，這個案子的資源有問題而無法繼續下去，但合約都已經簽了，人力與器材也都到了，包括死忠跟著我遠從台灣到上海打拚的3D攝影組，難道我們就這樣晾在那裡空等嗎？這六個人背後是六個家庭，更何況我在台灣還有公司要繼續營運，還有美力台灣的持續運作，這些龐大壓力接踵而來。

既然都到了中國大陸，就把危機化爲轉機，拍下屬於中華文化的非物質文化財產吧！

5 美力中國，全新挑戰

到了上海以後，我發現許多台灣的東西到外頭轉了一圈竟然變貴了。不論在台灣或是在中國，似乎都有種「外國月亮比較圓」的刻板印象。

之前在南投播放的經驗讓我很有信心，3D可以讓孩子放下手上炫目的電動玩具，不管年紀大小，一定都可以透過3D這種新技術、新媒介，讓人對內容感到興趣。但著手拍攝後，我才發現一個大問題，那就是——想拍卻拍不了。

剛開始來到中國大陸，有很多申請規定與批文的問題需要克服。中央有中央的規定，地方有地方的規則，中國大陸實在太大了，我在這裡機器有了、團隊到位了，但依然面對重重關卡。有好幾次，我從上海開了好幾天的車到了另一個省，好不容易花了老半天功夫架好複雜且繁重的3D攝影器材，也早就跟對方窗口談定，但這時卻突然跑出另一個窗口，要收取鉅額的手續費才能讓我們拍攝。於是我們只好悻悻然又開了好幾天的車回到上海，這樣一來一往，整個團隊的士氣跌到谷底。雖然這些問題源自於不適應他們的文化，不熟悉環境所造成，但還是讓初來乍到的我們相當沮喪。

還有就是要拍攝大師或達人的時候，許多人一聽說我要用3D來記錄他們的工藝，都會本能地開啓防衛機制。懷疑我一個台灣人，爲什麼要到他們那邊記錄他們的文化，莫非是統戰的政治陰謀？因此一開始也是困難重重。

第一站，千年古金佛像

剛到上海，第一個成功開拍的內容，就是千年古金佛像。回頭想想，這可能也是一種緣分，延續著我之前與佛緣的福報。

因爲拍攝了古金佛像，讓我看到前人的智慧，於是開始追尋製作這尊佛像的手，以及穿梭時間長河所淬煉的技術，這些佛像的美令我非常震撼。我想著，這眞是許多人窮盡一生就爲做出的極致工藝了。

透過鏡頭觀看，我的眼眶不禁濕潤，內心情緒澎湃翻騰。這尊千年古金佛像讓我想起過去的佛緣，包括法鼓山的聖嚴大師、佛光山的星雲法師，而這尊佛像也似乎在冥冥中牽引我穿越歷史長河，跨越地理空間，在往後繼續記錄著許多佛教相關事物，例如百歲老和尚夢參、到印山拍攝阿育王寺的住持，或是千年古剎廣福寺，讓我看見更多佛教歷史。

我是到了中國之後才結識了王寅教授與蓮花公主，但彼此之間很談得來，相處起來就

像家人一樣，也因而有了拍攝古金佛像的機會。王教授在當地的課程，是許多企業界知名人士或政界大老都會慕名來請益的。當時我的拍攝工作仍困在頻頻碰壁的情況。但我突然在王教授的書上看到三個字，這三個字就像是跳出書本，來到我的眼前，那就是——使命感。

我問我自己，進入這個行業的初衷？以及能用我的專業爲這個社會做些什麼？使命感給了我繼續做下去的決心，使命感讓我的美力中國有了開端。

當時有很多人都想拍王教授的金佛，但他始終沒有點頭答應。而我原先並非刻意找王教授拍攝古金佛像，反而是教授先看見我正在做的事，從看見到認同，於是讓我將3D攝影機擺在他的廳堂，拍攝他的金佛。

雖然過去已有無數碰壁的經驗，但這件事讓我知道，只要展現誠意與專業的工作態度，還是可以打動人。同爲炎黃子孫，我們是認眞要來記錄中華的3D文化，使之流傳的。在中國大陸，這裡的百工有個名稱，叫做「非物質文化財產」，或簡稱爲「非遺文化」。而這些大師就像是「非遺繼承人」，用自己的手，傳承著中華文化。

繞地球兩圈

來大陸拍百工，可以拍大山大水、拍少數民族。以前只能在國家地理頻道和Discovery頻道看到的，現在竟然一一呈現眼前。但大陸幅員寬廣，3D攝影器材相當重，爲了拍攝，再遠也得開車過去。所以爲了拍攝，我們不到一年就跑了將近八萬公里。地球一圈大概是四萬公里，所以換算起來，我們等同跑了地球兩圈。

請容我在這裡向導航致謝，拜科技之賜，我們省去許多迷路、查地圖的時間。以前拍片時，若要到陌生的地方拍片，就得要查地圖、問人，只要一迷路，那就是整個車隊跟著迷航，時間與汽油就這樣白白蹉跎了。

而現在，我們透過GPS導航，便可以在陌生的土地上先規畫好路程，並隨路況的翻修而有了應變措施。

不過車還是要自己開，機器幫不了忙。我們最長曾經開了二十五個小時又二十分鐘的

車，這之間頂多下車上上廁所，飯在車上吃、駕駛輪流開，這樣的奔波也真夠累人的！不過一切都是有代價的，美力中國的拍攝累積了一個驚人的數據：

截至二〇一五年年底，才拍了一百六十一天就已經走過了二十三個省、直轄市、自治區。六十七座城市。拍攝的工藝大師及非物質文化遺產傳承人共七十八位。世界文化遺產及景區名勝五十八處。少數民族三族。還在持續探訪中。

我喜歡四處走走，去記錄不同地方的文化，重新探索先人的智慧。爲了拍美力中國，我們在浩瀚的土地上奔馳，用愚公移山的精神，一步步累積影片內容。我們睡過的酒店、旅舍數量早已數不清。有無數次在半夜驚醒時，一時想不起自己身在何方？而故鄉，又離我們有多遠？

但我們卻找到故鄉文化的根。以燈籠爲例，目前大致可分爲泉州式和福州式兩種。過去燈籠的用途除了照明之外，在傳統慶典或迎神賽會也都有機會看見，因爲隨著花燈的閃爍，象徵著「彩龍兆祥，民富國強」。台灣有許多外省人來自泉州或福州，因此帶來了延續傳統做法的燈籠師傅，在台灣雖然手工製作燈籠已漸漸式微。但我們在這裡卻看見一脈相承的製作，彷彿童年記憶的再現。所以美力中國不僅是呈現另一個國度的景觀與文化，也是在保留中華文化的記憶。

茶的敦厚底蘊

我喜歡喝茶，所以喜歡拍各種茶，像是我最愛的台灣烏龍茶，還有文山包種茶、日月潭紅茶、阿里山茶、東方美人茶與八卦茶園……等。

到了中國大陸以後，我受世界知名的古金佛像收藏家王教授與蓮花公主之邀到他們府上作客，我發現他們不只是古金佛像的收藏家，更是普洱茶的專家。在他們家裡，可以見到許多罕見的茶膏、茶餅、茶磚與珍貴的茶器。

我第一次在他家裡喝到普洱茶時，一入喉發現竟然跟原先預想的味道完全不同。我心想：「那是普洱茶嗎？怎麼跟我認識的普洱茶味道差那麼多？」

好不容易鼓足勇氣，我向教授與公主請益。他們告訴我，這是古樹普洱茶。我們平常喝到的普洱茶，許多人之所以會稱爲「臭噗茶」，其實是因爲用渥堆發酵或在濕倉裡保存，才有了這種味道。

於是我們出發去拍古樹普洱茶，那裡的每棵古茶樹都超過六百年以上的歷史，甚至還有上千年的古樹。

我第一次看到摘茶葉要爬上樹才能摘得到。而且，還是老太太在爬樹，這已經夠讓我驚訝了，沒想到老太太還喜孜孜地拿了古樹普洱茶的葉子給我，普洱茶的葉子竟然比我的臉還大！

這趟用3D拍茶，我的心裡有太多驚訝、太多讚嘆。也因爲如此，我到大陸除了拍人也

拍茶，像是普洱、大龍袍、鐵觀音、龍井等，也都有各自的學問。

漢字很奧妙。把「茶」拆開來看，「艸八木」，象徵天、地、人，也是草本，象徵神農氏嚐百草，據《茶經》記載：「茶之爲飲，發乎神農，聞於魯周公。」製茶要考慮天時地利人和，採青、晒青的時候，要跟時節、氣候息息相關，接著考驗師傅的手藝，揉、磨、篩、嗅，一捧好茶需要合適的發酵，文火慢焙，有些步驟甚至要幾十個小時不等，對待茶的態度，就是要認眞、一絲不苟。

茶，象徵儒家溫柔、敦厚、濃醇的底蘊。孔子曰：「君子不器。」成德之士，體無不具，用無不周，透過人生的修行，更重要的是背後的內涵，學會做人處事的眞理。做人，尙且在處事之前。掌握專業的前提，就是道德的修養。

孔子本身就是六藝嫻熟的人，他說的「不器」，就像我所希望記錄的人味一樣。即使六藝精熟，出神入化，都還是在技藝層次。更重要的是在那背後的道德心性，即便已是行內專家，卻也是心懷謙卑。或者用老子的話來詮釋吧：「爲學日益，爲道日損。損之又損，以至於無爲。」每天不斷學習，每天不斷減少欲望，直到能夠達到「無爲」的境界，方爲眞正的專一與返本歸璞之道。

「無胃」無懼的瓷塑彌勒王

人稱瓷塑彌勒王的邱雙炯師傅，今年已經八十多歲，他從十五歲開始拜師學藝，至今已經從藝七十年。但更讓人驚嘆的是，他的胃早就因病幾乎切除，只能靠著簡單的流質食物維生，而且每兩個小時就要進食一次。但他把每一天都當作是新的一天，爲了興趣不斷上網查資料，努力工作著。

拍攝那天，原本身體不好的邱老師照慣例中午都要休息，並喝些流質的食物來補充體力。但那一整天，他就像是剛充飽電般地充滿精神。不斷地做、不斷地說。

最令我感動的是邱師傅數度拉著我的手，告訴我他創作的過程。他說，在他被拍攝過的無數劇組中，我是最投緣的一位導演，這話怎麼說呢？

因爲那天有個無心的小插曲，在拍攝前，

攝影組正在架設器材，而陽光從窗戶斜射進來，明亮天然的光線正好照射在他的作品素胚上。我看了很受觸動，於是不禁隨手拿起手機拍，邱師傅在我後面靜靜看著。我拍了又拍，試著用不同的角度來記錄，並開心地與師傅分享我的感動。

邱師傅突然眼眶紅了，告訴我：「您跟其他的導演都不一樣，我很感動。」說完，他拿了一尊非常喜愛的佛像要送我，希望跟我結緣。

我想，這或許是因爲我們都如此熱愛並敬重工作，因此而惺惺相惜吧。

我問邱師傅對陶瓷的喜愛，他回答我：「陶瓷好像已經融入我的骨血裡面。如果要我三天不碰陶瓷，那我必定坐立難安。」

至於爲什麼這麼喜歡陶瓷呢？他說他年少時期爲了生活在政府裡當公務員，只能把陶瓷當興趣，直到退休以後，他終於可以把整個人的身心靈都投入在陶瓷裡，也因此他更加珍惜。

邱師傅喜歡笑，但笑容背後他卻歷經四次手術，整個胃幾乎都已被刮除，雖然身體越來越孱弱，但他不想要被看作病人或老人，即使步履蹣跚也不讓人攙扶。他對生命充滿熱情，除了每天堅持要做瓷塑以外，他還學習琴棋書畫，也學習電腦和上網，所以他的每個作品都是活潑生動，充滿生命力。在他身上可以看見「活到老，學到老」最佳體現。

後來，他還送了我一對句子，上面是這樣說的：「非凡乎凡造兮，凡造兮乃非凡。」

師傅解釋說，這不是一般人能成就的功業，能成就這般的功業不是一般人。換句話說，想拍這個東西的靈魂，並不是一般人能拍出來的，能夠拍出來的就是非凡的人，這不啻是我工作裡最好的勉勵了。

藍天白雲下的惠安女

每個人都有自己追求的生活方式，我的態度就是認眞過每一天。美力中國這趟旅程不是漂泊，而是學習、是看世界的一種方式。因爲在大江南北四處取材拍攝，好幾次夜裡醒來，經常已經不知道身在何處？可能在上海的宿舍，可能跑到北京或福州，又可能回到台灣，一天睡一個城市，身體似乎已經逐漸習慣這樣的方式。但夢裡還是最眞實，往往在裡頭出現的，總是最思念的親人。唯有思念家人時，最溫暖。

在惠安縣沿海一帶，惠安女因美麗、勤勞、賢慧聞名於世。這裡的人們大多以漁業爲主，男人出海，女人主掌家務，她們能運石蓋房，能織網捕魚，能挑擔抬船，回家後還要照顧老人、帶小孩，她們是一群吃苦耐勞，賢慧堅韌的象徵。有著燦爛的笑容與大方的個性，穿戴起惠安女服飾，豔麗的服裝色彩，就像她們的心一樣燦爛。

人們習慣把女性和水聯想在一起，女人的智慧和靈氣都近於水，這裡的惠安女從不說苦，看到她們在海邊織網，不知不覺想到我的童年，而在附近嬉戲的孩子就像童年的我，這一幕幕都讓我想到老家基隆。

那是媽媽告訴我的：爸爸出海捕魚去、媽媽在院子裡補魚網、炒魚鬆，雖然我懂事以後，看見的早已不是這個畫面，但這個印象一直在我腦海裡。我看著惠安女補著魚網的手，就好像隔著一條長長的海岸，看見媽媽再次坐在我眼前。她們的裝扮也許有很大的不同，但她們不怕粗重、任勞任怨的生活態度，都爲了同樣一個目標，那就是——努力讓家庭更加美滿。

海的味道，讓我想家。福建離台灣很近，許多人的上一代就是從福建飄洋過海而來的。我聞著海的味道，思念起台灣的家，想著家裡的母親，是否一切安好？孩子是否又大了些？而孩子大了，是否代表著自己又老了些呢？

微微火光下的皺紋

龍泉古龍窯，早期是以製作碗盤茶具與生活用品等維生，曾經廢窯了二十餘年，後來又由金品老先生復窯，因此改名爲金品窯。

爲了要找到金品窯的窯主，我們經過長途跋山涉水，來到麗水龍泉的一個小山村裡，金品老先生跟妻子是那裡「土」生「土」長的人家，據說一輩子都與土爲伴。他們結婚六十年，因爲兒子在外工作忙碌，所以家裡只有他們兩位老人家打理。

老先生已經八十多歲，自小便跟著父親學做青瓷、學燒窯，用的都是最傳統的作法——手工拉坏。面對做了一輩子的老行當，從一把瓷土到燒製成型，每一個環節都熟練於心。拍攝中，我們看見微微的火光照亮他每一絲皺紋，而在每一個投入的眼神裡，洋溢的不是辛勞，是幸福。我們總是叫他大師，

但他卻說：「我哪是什麼大師，只不過是做了一輩子的老窯工。」他告訴我們，這窯火他想要世世代代傳下去。

拍攝那天，附近沒有餐廳或商店，工作後的每個人都是飢腸轆轆。這時，金品先生的太太爲我們細心準備了一桌的農家菜，用柴火、大灶來燒，用最傳統的方式烹煮，吃的是木桶飯、炒的是剛摘好的新鮮蔬菜，外面非常寒冷，但在屋裡，所有人緊緊圍成一桌，倒是很有團圓飯的意味。

一旁有個不起眼的瓶子，看起來好像在加熱什麼。飯後，老太太把裡頭的茶倒給大家，告訴我們，這些茶都是野生的，是每年春天她自己炒的，添給大家，好讓吃飽了解膩。短暫的交會，卻換來這樣溫暖的人情，這或許也是這份工作吸引我之處吧！

有良心的飲食工作者

過去，中華料理一直以美食口碑傲視國際。但近年來接二連三的食安危機，將過去一點一滴建立的好口碑摧毀。有些人在賣食物，甚至自己都不敢吃，小至夜市小吃，大到食品業者，他們把關的不只是國人的健康，不只是顧客的信用，牽涉到的更是國人對於良善的價值觀。

中國大陸同樣也有食安的問題，或許比台灣還嚴重，但不可否認，同樣一個社會裡有害群之馬，也會有兢兢業業工作的人。身為記錄影像的工作者，我想記錄下那些良善與執著，因此在走訪工藝技術者的過程中，我也一併記錄了許多以一絲不苟的態度看待食物的飲食工作者。

我在安徽歙縣看到有人依然使用古法榨油。這家油坊從一九八四年開始經營至今，每天在清晨六點開工，有四名約為五十歲的工人，平均每天製作一百六十個坯餅，工人們推起重達一百公斤的撞錘敲打木楔子，對榨槿中的坯餅施加巨大的壓力，利用這種物理壓迫使油脂滲出，這種木榨榨油是傳承了千餘年的古老工藝。

師傅告訴我，很多人都笑他們癡傻，竟到現代還沿用這種做法，許多步驟其實早就可以用科技取代，這種古法費時耗工又傷本。但他們堅持做對的事情，現代每個人都在追求新奇、美味，但眞正的健康才是根本。

這些榨油工人做的是體力粗活，卻因為罕見的堅持古法而受到矚目。他們的學歷不

高，薪水也都很低，但近年因爲觀光發展，開始有很多人慕名去拍照，拍他們的工作或拍他們的肌肉，但很少關注榨油的本身，這也讓我們發現，有太多東西得來不易，卻被其他華美的物質掩蓋，反而被忽略了。

八公山豆腐

當電視持續介紹美食，或一再強調其價格低廉時，許多食品業者背後的孤獨與堅持，卻是經常被忽略的。

我們來到兩千多年前豆腐的發源地——八公山。八公山豆腐起源於淮南王劉安時期八公山一帶，也就是現今淮南市八公山區與壽縣的交界地。

這裡採用千年泉水井，採用純黃豆作原料。與台灣豆腐製作上最大的差別是，台灣凌晨做豆腐，他們則是下午做豆腐，一般點的是鹵水，他們點的是石灰水。因此做出來的豆腐滋味與樣貌自然完全不同。

拍著拍著，做豆腐的師傅問起了我：「豆腐人人會吃，豆漿人人會喝。導演你猜猜看？毛豆長大變成什麼？我告訴你，毛豆長大變黃豆，黃豆變豆漿，豆漿變豆皮，一般再點鹵水，就變成豆腐了。」這些都是生活小常識，但卻因爲太容易在超市買到相關豆製品，反而忽略了這些食物彼此的演變。

過去也有央視知名的節目來拍過師傅一家五口，但他們卻沒能因此走紅，依然日復一日地下午做著豆腐，隔日一早拿去市場賣，

每天大概都賣個人民幣兩、三百塊，過著非常樸實而踏實的生活。

爲了配合拍攝，每個步驟都得重覆操作好幾遍，就這樣拍了一個下午。拍攝工作告一段落後，師傅將豆腐移至房間放好，我無意間聽到師傅對著豆腐喃喃自語：「今天天氣這麼熱，到了明天這些豆腐品質也不會太好，看樣子都要丟掉不能賣了。」

聽到這樣的話，我感到非常心疼。便趕緊請小寶問了師傅的太太，如果這些豆腐明天全部賣出是多少錢，並準備一個紅包作爲補償。師傅看到我們的紅包以後大吃一驚，一來是他從來沒遇過有人拍攝後還會把食材買下的，二來是我們怎麼會知道這些豆腐的品質已經受到影響。

師傅原本堅持不收我們的紅包，他說，做豆腐是他自己的選擇，不需要別人爲他承擔多餘的風險與責任。但我告訴他，這些豆腐不只是他們全家大小賴以維生的重要生計，更是充滿人情味的藝術品，不然就當我全跟你買下，廚房借我們簡單料理一下，讓這些辛苦的攝影夥伴一起享用豆腐大餐。就這樣，師傅才好不容易收下這個紅包。

那天傍晚，師傅也另外加碼準備了一些家常菜，一起完成「豆腐大餐」。在餐桌笑語間，我看見他們的樸實無華，也看見一位對自己的食物品質勇於把關的師傅。

我回到台北以後，有次看到桌上的豆腐就想起了八公山上的這家人，於是馬上寄了一箱冬藻過去給他們。對我來說，這些拍攝過的師傅不單只是工作上的合作，更是緣分的相遇。

嚴刑峻法或許能夠給食品業者一些規範的力量。但眞正能夠讓每一個人爲自己所做的事物與行爲負責，就有賴於，在追求利潤的同時，是否不忘堅守良心了。

飲食文化也是種工藝

工藝製品可以感動人，美味的食物則可以撫慰人心。那麼結合了工藝的食物呢？

在尙未看過金絲麵線的製作過程前，我很難想像，製作麵線需要多繁複的工藝手法。你是否可以想像，用一把長達八十公分的大刀，其沉重即便是壯漢也不一定拿得穩。但

蘭桂均師傅卻能用這把大刀，切出細如髮絲的麵線。

使用的麵糰是用麵粉以及新鮮的鴨蛋和成，師傅先是用手和竹子反覆擀好麵糰，將麵皮擀至如紙張薄，這時再拿起八十公分長的大刀，堅持用自己的手工而非機器，一刀刀切出細如髮絲的麵線，而成品的彈牙口感與根根分明的絕藝，當然也是機器所做不出來的。

煮出的麵線一口一碗，簡單點綴著，卻彷如藝術品般精緻。入口的感覺更是彈牙滑順，我們吃到的不只是一種美味，更是師傅數十年來的堅持與工夫。

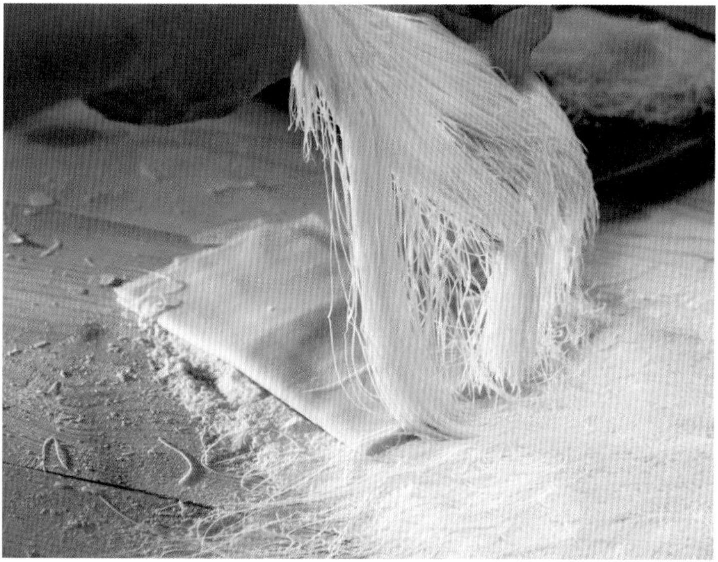

撕「字」成章

你是否看過一個人長著兩個腦袋？在中國，我拍到一位奇人，他能夠同時做兩件事。他可以一邊用「手」回答著你問他的問題，諸如古人詩詞、歷史地理，或是作點文章。一邊還能跟你談天說地，聊時事、話天下。而且，他不只是拿筆寫字回答問題，而是用紙撕字，完全不打草稿，直接把紙對摺就可以撕，左右手可以做著完全不同的事情，還能像電腦一樣讓你指定想要的字體與大小粗細。而在這整個過程中，他的嘴巴始終不間斷地跟我聊著天。

我深刻懷疑，這位師傅手上應該也長了個腦袋吧？

不如我們現在就放下書本，做個實驗。先試試同時一手寫字、一手畫圖，很難吧？那是否還有餘力可以跟旁邊的人應答如流呢？

蔣勁華師傅不僅是一位工藝美術師，同時也身爲安徽省工藝美術學會副理事長、書法家協會會員。蔣師父說，「文字」對他而言似乎有一種魔力。他從小只要看到好看的字體，無論書法、字帖或是其他，都會忍不住拿鉛筆臨摹下來。

長久以來，他便寫得一手好書法，更厲害的是，他還能用筆畫出可供他人描摹的空心字，這項技藝在全中國可說是數一數二。後來有次在無意間，他發現可以一邊摺紙，一邊把紙撕著，與他喜愛的字體做結合。

即使是用刀片割出字型，都已經是很困難的事了，但蔣師傅卻可以把紙對摺再對摺，

完全用手撕成行書、草書等各種字型。這或許便是因爲他從小喜歡臨摹文字，因此對中文字構造特別清晰，因而練就這一手「撕紙成字」的好本領。

拍攝的時候，他完全看不出緊張的情緒，一串紙掛在他的脖子上，一邊問著我們想要什麼字與字體，完全不用打草稿，一邊針對我們的訪談回答。蔣師傅口若懸河，甚至還可以邊講笑話來逗弄我們，眞是個一心二用的奇人。拍攝沒多久，手上的紙一攤開便是一副對聯：「登黃山天下無山，遊呈坎一生無坎。」

撕了對聯後彷彿欲罷不能，還繼續問我公司名字，然後撕出一個「大吉羊」送我。他不把自己的藝術看得高高在上，而是希望透過有趣的撕紙形式讓更多人，甚至連孩子都能愛上寫字，愛上自己的文字。在這些師傅身上，我深刻感受到對作品的執著與付出。

墨磨人，磨墨人

從日常生活的柴米油鹽到手中的筆墨紙硯，我都用3D拍到了。

第一次來到製硯工廠，我看到一個個如此小巧的墨條，納悶著爲什麼仍要堅持用手工來做？後來才知道，原來源自於文化的情感。

我一走進屋裡，看到滿屋子的墨條，十分壯觀漂亮，於是我想，如果把這些小小的墨條帶回台灣，讓美力台灣活動時送給偏鄉

孩子當禮物，他們應該會很開心吧？我也想到妻子，自從來到中國拍片後，常常離家讓她一人擔待許多事，十分辛苦。我知道她一直很喜歡畫畫，所以也想買墨條回去為她磨墨，在她做著有興趣的事時，也能多陪伴她一點時間。於是我興奮地問著滿臉墨印的師傅，是不是可以訂製，費用大概多少？

周師傅告訴我，一條墨條包含刻字大約三塊人民幣。本來還天眞地以為拍完就可以帶回做好的墨條，準備下訂的時候，他拉我進去工廠看他們工作，也澆了我一盆冷水：「導演，你開玩笑！我們的工藝是多麼複雜！每一根墨條要練煙、配料、敲、打、刻、製墨、晾晒、描金，最後還要晾乾，起碼要給我半年的時間吧！」每一道都是體力活不

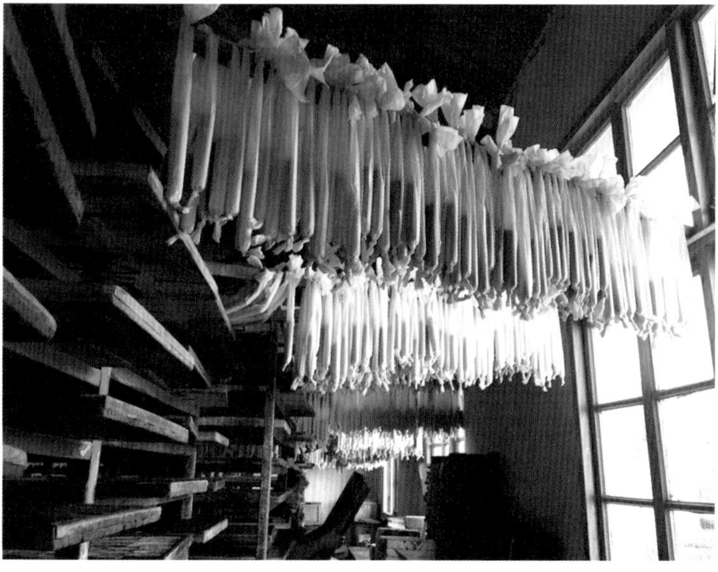

說，再加上製作時間，一聽需要這麼久的工時，才知道這小小的墨條得來不易。

裡面的每位師傅個個臉上都是墨印，我們攝影組才拍攝一下，臉也馬上跟著黑了。原本想用衣袖或手臂抹去墨印，結果墨水卻在整張臉上暈開，不抹還好，一抹反而全黑了。大家你看我、我看你，個個成了黑面包公，笑成一團。

感佩之心不禁油然而生，他們每位都是在這裡工作了大半輩子，至少都已經做了三、四十年，但薪水甚至比台灣的工讀生還低。

這時周師傅走向我，打開雙掌，告訴我上面有許多小黑點是畢生搓不掉的。因為這些墨水都已經滲透進皮膚，成為永遠的印記。但他很為這樣的印記感到自豪，再怎麼勞苦也期盼要把安徽的珍貴遺產傳承下去。我拿著師傅給我的小小墨條仔細端詳，著實讚嘆，裡面全都蘊藏著不凡的故事啊！

亂針刺繡

無風無雨的人生，沒色彩。唯有風、有雨、有陽光，才有亮麗豐富的彩色人生。

孫燕雲師傅從小就是母親一手帶大，母親上班的時候就將她帶在身邊，因此耳濡目染下，孫師傅也愛上母親的亂針刺繡。現年近六十歲的孫師傅從藝亂針刺繡已經四十年，其繡法有點類似於油畫，顏色是一層層鋪上去的，因此需要有很強的繪畫功底，亂針刺繡的作品背面看是密密麻麻、雜亂無章的線

條，正面卻是比照片還逼眞的影像效果。

亂針刺繡至今已有一百多年的歷史，雖然不像四大繡種那麼有名氣，但也是一門極專精的學問。孫師傅的傳承之路走得非常艱辛，因爲這種技藝非常需要耐性，更需要眼力。完成一幅大作品可能就需要好幾個月，甚至好幾年才能完成。而現代的年輕人大多求新求變，這種慢工出細活的功夫留不住學徒，而且不光是學藝的過程久，要完成作品也需要很長的時間，沒有耐心絕對熬不住。因此常有學徒半途而廢，有的甚至學了好幾年後，最終還是放棄。這也讓我思考，或許就像人生一樣，長久的學習是在一點一滴累積自己的故事。如果沒辦法專注投入在事物上，那就很難累積自己的成就。更可貴的是，有許多職人爲了一項技藝，投入了一輩子。

有些師傅當初是爲了謀生，有些單純是興趣，也有些師傅是繼承父志，但他們都對自己的技藝感到自豪，哪怕一路走來孤單，或是遭遇過無數困難，這些傳承的文化，都是由他們勞動了一輩子的手維繫出來的。3D之於我，也是這樣願意走一輩子的技藝。

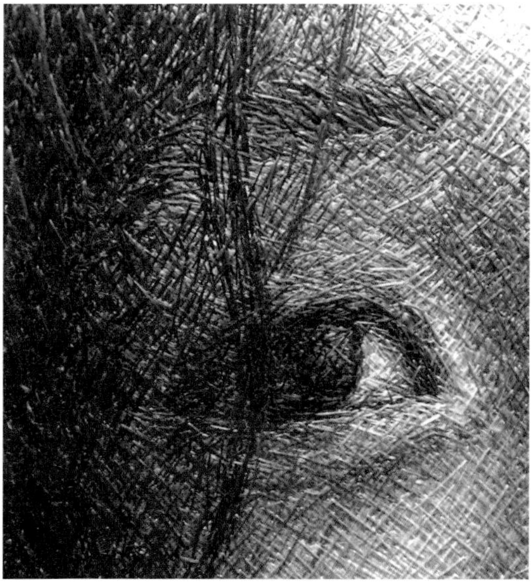

後記

人不怕忙，就怕茫

曲全立

獅子座的個性讓我成爲夢想實踐家，不斷跨越自己的極限。現在在中國拍3D，我用航拍、地面，海陸空三軍拍攝，日日夜夜，不想輕易蹉跎光陰。身邊許多人當初看我做美力台灣，包括濤哥、斗哥、陳學聖委員等人，從發現到執行，都說我跑得眞的太快了，那是因爲我必須把握每一分鐘。當初接觸3D電影，許多人可能不知道我在做什麼，怎麼就這樣一頭栽進3D世界。直到金馬獎創投，一次次的3D電影完成，才終於了解爲什麼我要如此專心研究這個技術。

很多人說我是傻瓜，總會做許多人家認爲不切實際的事物，是個事情一做就停不下來的「自虐狂」。不過，我沒有傾家蕩產的嗜好，只是爲了理想勇於付出。而那個自虐狂，象徵的應該是自我要求，只有去做了，才知道可不可行，然後再去修正。

世事有太多變化，對我而言，做自己最重要的。做自己，不活在別人的陰影裡；做自己，就不會認爲前方的是背影。

開眼界是件很重要的事，這不只可以豐富人生閱歷，更讓自己懂得謙卑。我還記得在中國大陸拍攝龍門石窟時，親眼看見大佛的震撼，至今仍歷歷在目。那天我們團隊二十個人扛著大搖臂，一路往上爬，原本每個人都是氣喘如牛，但一看見大佛，每個人都看傻了，完全忘了肩上還扛著上百斤的攝影器具。我不禁想著，這不僅僅是工藝，更是一千五百多年的歷史震撼，當時是怎麼運送石頭，又是怎麼雕刻，水平要怎麼測量？這些都讓我激起無限敬佩，更何況，經過了這千年來多少次震盪，仍流傳至今。

從拍台灣到拍中國，已經不是一兩百公里，而是一兩千公里的事。雖然我已經去過四十多個國家，但每次拍攝都還是覺得自己像隻井底之蛙。我看到許多古蹟保有歷史痕跡的震撼與感動，也看到許多大自然奇景，像是黃河、長江，瀑布與大壩。甚至在冬日看到霧淞，還看到湖口瀑布結冰，一根根倒懸的大冰柱，成爲驚人的自然創作。

因爲有了那樣的親身接觸，所以看到每個景色都會衍生出一種感動。這些眞眞實實發生的事，讓我行萬里路外，聽著他們的故事，也同讀了萬卷書。

因此，不論是3D美力台灣或3D美力中國，我希望能做的，就是讓偏鄉孩子們因此更開啓視野，一方面看見自身傳統文化，一方面也可以接受其他文化的刺激。我要用3D立體視覺空間把百工帶到孩子眼前，就像是親臨現場，這會帶來更多的震撼與感動。讓文化傳承藉由科技做更好的結合。

在別人的背影下看天空，看到的終究還是別人的背影。

長期走進偏鄉，讓我對生活方式的思考有了很大的改變。人類過去的生活本來就是分居不同的部落，各自以不同的方式生存。但現代生活卻促使所有人都進入同一個城市裡，這其實已違背了大自然的定律，因此汙染、塞車等問題隨之而生，而人們所做的事情，往往不一定是自己最想做的。科技再怎麼進步，讀書一定是最好的選擇嗎？這也值得我們思考。如果可以留在自己熟悉的家鄉裡創造未來，不必離家當個異鄉人，也不用像父母一樣，爲了生活離鄉背井去打拚。那麼這些偏鄉孩子是否能夠活得更精采，更有尊嚴呢？

不要餓了才吃，不要渴了才喝，不要睏了才睡，不要累了才歇，不要病了才檢查，不要老了再後悔。這是我病後最大的感受。

你問我會不會繼續拍3D？會不會繼續到偏鄉巡演？繼續做夢？我會說：「人生只有一次，相信你自己，想做什麼，就去做吧！」

不做，什麼都不會改變。做了，才會不一樣。做，就對了！

謙卑、謙卑、再謙卑。千杯、千杯、再千杯！乎乾啦！

謝辭

由衷感謝

教育部
文化部
總統府
馬英九先生
張善政先生
李安導演
善耕台灣與李濤先生
朱延平導演
李行導演
侯孝賢導演
新竹物流與王俊凱先生
黃旭輝校長、楊巽斐校長

辛苦的教育工作者
圓神出版社與眞眞、靜怡、幸芳、鳳儀
牽猴子整合行銷與王師
吉羊3D攝影組、點燈與斗哥、淑渟姐
數位新媒體3D協會與胡幼鳳理事長
擁抱Always協會與周禮村先生
白鷺鷥文教基金會與陳郁秀董事長
福藏文創與陳威志先生、淑賢 賢伉儷
福爾瑪蒂與杜世綱先生
EPSON愛普生與林芳全經理
學學文創

TED與許毓仁 Jason
立委吳思瑤、陳學聖
菲特品牌顧問與楊文秀女士
Optoma 奧圖碼
陳慧芬小姐
林金助先生、陳俊榮先生
蔣三省音樂製作與蔣榮宗、蔣三省、游美齡
夢想動畫與林家齊
大米影視與楊圭壬
生笙音效與吳亮輝
易藝暢響文化與蔡介誠
新銳影像科技與黃文津
永鉅國際室內裝修設計與陳小姐
蘇意菁小姐、陳泯龍先生
萬通影音、孔雀谷黃導
李俊彥總經理
正佳車廠與游添福老闆
杰瑞音樂與余政憲

美力台灣志工團：
北區——
周福泰、周建霖、許炎焜、蕭錦祥
陳福春與陳萃華 賢伉儷、郝玉秋、楊献光
周良憲、王志宏、王世宏、陳信忠、岳剛藕
錢志強、李宗城、劉厚青、歐陽萬雄
林冠宏、陳輝明、劉文忠、楊明和
朱德剛、陳逸君、張宗達、王元明、張天發
高清泉、彭習賢、陳皇吉、陳弘良
黃潔綾、謝淑如
中區——
雅慧、姿涵、延琴、幸枝、采玲、玉純
南區——
宜靜、王Boss、瓊玉、瓊瑱、瓊慧
寶節、素精

百工師傅——
黃漢榮、李秉圭、林正義、黃呈豐、陳忠露
施竣雄、林瑤農、蕭在淦、黃憲章、盧文照
陳美麗、朱正義、莊蒼菁、莊暉明、黃耀東
林啓裕、彭進富、吳草塔、魏幼謙、吳登興
黃志偉、黃世志、黃朝慶、蔡爾容
陳敬芳（陳國明）、卓蘭高中舞龍戰鼓班
蕭阿炳、吳九妹、鄭含笑、劉美姿、謝遠輝
吳治增、郭常喜、彫安（陳政雄）
李俊宏、陳仲和、黃先化、陳九駱、許錦文
陳逢顯、葉發原、邱錫勳、楊北辰
吳裕隆（吳金福）、李世明、朱科豐
王正常、張嘉巖、陳景聰、鄭永斌、林殿威
徐治平、江柏輝、迷思魔幻劇團、尤瑪達陸
張文雄、蒂摩爾古薪舞集、伊誕、雷恩
DAKI、雷賜、舒米如妮、杜瓦克

感謝佛光山——星雲大師
讓我學會「安靜」「放下」。

感謝徐雪芳牽手與三個心肝寶貝——
孝凡、孝芸、孝晞。

感謝我的父親——
雖然來不及看我長大，
但您一直活在我的目光中。

感謝我的母親——
辛苦把我們全家的孩子拉拔長大，
說聲辛苦可能還不夠。

感謝台灣，感謝看到這裡的您。
感謝所有關愛與支持我們的朋友。
我會繼續努力，做下去。

國家圖書館出版品預行編目資料

這世界需要傻瓜：美力台灣3D行動電影車的誕生奇蹟／曲全立，趙文豪 作.
-- 初版. -- 臺北市：圓神, 2016.06
264面；14.8×20.8公分. --（圓神文叢；195）
ISBN 978-986-133-577-3（平裝）

855　　105005944

Eurasian Publishing Group
圓神出版事業機構
用心與你對話．視野無限寬廣
圓神出版社
Eurasian Press

www.booklife.com.tw　　reader@mail.eurasian.com.tw

圓神文叢 195

這世界需要傻瓜：美力台灣3D行動電影車的誕生奇蹟

作　　者／曲全立
文字統籌／趙文豪
發 行 人／簡志忠
出 版 者／圓神出版社有限公司
地　　址／台北市南京東路四段50號6樓之1
電　　話／（02）2579-6600．2579-8800．2570-3939
傳　　真／（02）2579-0338．2577-3220．2570-3636
總 編 輯／陳秋月
主　　編／吳靜怡
專案企畫／賴真真
責任編輯／吳靜怡
校　　對／吳靜怡．周奕君
美術編輯／林雅錚
行銷企畫／吳幸芳．張鳳儀
印務統籌／劉鳳剛．高榮祥
監　　印／高榮祥
排　　版／陳采淇
經 銷 商／叩應股份有限公司
郵撥帳號／18707239
法律顧問／圓神出版事業機構法律顧問　蕭雄淋律師
印　　刷／國碩印前科技股份有限公司
2016年6月　初版
2020年10月　7刷
定價 320 元　　ISBN 978-986-133-577-3